El crimen del otro

El crimen del otro

Horacio Quiroga

ESMERALDA
PUBLISHING

EL CRIMEN DEL OTRO.

HORACIO QUIROGA. Esmeralda Publishing LLC.

Antecedentes:

Las obras que integran este título fueron publicadas originalmente en 1904.

Para más información, visite nuestro sitio web: www.esmeraldapublishing.com Esmeralda Publishing y su logo son marcas registradas de Esmeralda Publishing LLC.

ISBN: 978-1-64800-013-3

Información de portada:

La Mort de Sardanapale (1827) – E. Delacroix

Diseño: Ariel Wajnerman

LA PRINCESA BIZANTINA

Cábeme la honra de contar la historia del caballero franco Brandimarte de Normandía, flor de la nobleza cristiana y vástago de una gloriosa familia. Su larga vida sin mancha, rota al fin, es tema para un alto ejemplo. Llamábanle a menudo Brandel. Hagamos un silencio sobre el galante episodio de su juventud que motivó este nombre, y que el alma dormida de nuestro caballero disfrute, aun después de nueve siglos, de esa empresa de su corazón.

Tenía por divisa: *La espada es el alma,* y en su rodela se veía una cabeza de león en cuerpo de hiena (el león, que es valor y fuerza, y la hiena, animal cobarde, pero en cuya sombra los perros enmudecen). Su brazo para el sarraceno infiel fue duro y sin piedad. De un tajo hendía un árbol. No sabía escribir. Hablaba alto y claro. Su inteligencia era tosca y difícil. Hubiera sido un imbécil si no hubiera sido un noble caballero. Partía con toda su alma y honor de rudo campeón, y estuvo en la tercera cruzada, en aquella horda de redentores que cargaban la cruz sobre el pecho.

Adolescente, sirvió el hipocrás en la mesa del barón de la Tour d'Auvergne, nombre glorioso entre todos: túvole el estribo con las dos manos (estribos de calcedonia, ¡ay de mí!) e hizo la corte a la baronesa, puesto que su paje era.

Treinta años tenía cuando llevó a cabo las siguientes hazañas:

En Flandes arrebató la vida a quince villanos que le asaltaron en pleno bosque.

En España aceptó el reto del más esforzado campeón sarraceno y le desarzonó siete veces seguidas, resultas de lo cual obtuvo en posesión admirable doncella, pues el infiel, en su orgullo, insensato, había puesto por premio a quien le venciera la propiedad absoluta de su prometida en amor. El paladín rescatola mediante diez mil cequíes que Brandimarte llevó consigo a Francia en letras de cambio.

Un caballero colgó de la almena de su castillo a una hechicera judía. Desde entonces su salud fue extinguiéndose en el deseo de una duquesa que obtuvo hospedaje el mismo día de la ejecución. En vano imploraba el caballero tregua a ese encanto que de tal modo le era fatal. Brandel, buscando aventuras, llegó al castillo, y conociendo enseguida que la ingrata era tan solo la hija vengativa de la hechicera, así transformada por sutiles filtros, libró combate con ella, cosa no desdorosa para su honor si se considera que la judía convirtiose en león de los desiertos, primero, luego en monstruo antiquísimo, después en desordenada piedra de granito, y así en diversas cosas y animales, hasta que —olvidada del renombre del guerrero normando— cobró cuerpo y forma de paladín sarraceno, en cuya encarnación Brandimarte llegó a él con tal atroz golpe en la cabeza que la espada partió yelmo y cabeza, hundiéndose hasta la gorguera.

En cuanto al castellano, ya presa del fatal hechizo, convirtiose instantáneamente en una enflaquecida y agonizante joven que fue —arrastrándose y con los ojos fuera de las órbitas— a morir sobre el alto pecho del guerrero.

Esto pasó en Alemania.

En Palestina arrancó con un grande ademán la túnica sagrada a cuatro caballeros templarios que abrasaron sus almas en la llama ardiente del sacrilegio. Tal era el fuego de su noble ira que los templarios sintieron miedo, bajando la cabeza.

Y la hazaña última de Brandimarte fue aceptar en combate singular el reto cotidiano del más glorioso, valiente y caballeresco campeón de la Cristiandad, el rey Ricardo de Inglaterra, Corazón de León. ¿Preciso es decir a qué breve distancia de la muerte estuvo ese día el alma del caballero franco? Su valor en esa lucha adquirió timbre más claro, ya que su honor no podía tenerlo más.

Así guerreando en esta y otras empresas que dieron lustre de oro a su nombre, el tiempo pasó. Brandimarte llegó a tener setenta años, bien que su brazo fuera todavía terror de infieles y culto de cuantos por él se vieron libres de cautiverio. Su inteligencia, ya pobre en los ardientes años juveniles, disminuyó. Pero esa misma negación hacía más rectos sus golpes, más conmovedora su sencilla ley de honor. No daba perdón ni tregua a los enemigos de la Santa Cruz. Desafiaba sin dudar un momento a los perjuros y a los que abusaban de su fuerza. No ofendía a nadie por malicia, y como estaba privado de claro discernimiento, la razón de sus golpes era tan pura como su deber de caballero.

En esta época de su vejez corrió por todo occidente la noticia de que la princesa bizantina había sido robada. El Imperio Griego gemía de desolación. ¿Cómo?, ¿cuándo?, ¿quién?... ¡Ah!, la princesa viajaba en su bella galera. Una tempestad sobrevino y la alejó de tierra. El conde de Trípoli que paseaba por el mar hacía cuatro años el dolor de su prometida muerta, acudió con su flota y contempló atónito la hija de emperadores. ¿Pero qué es una condesa de África, sea su linaje el más claro y su hermosura la más radiante o llorada, al lado de una princesa bizantina? El Conde cayó de rodillas ante ella, loco de pasión, jurando que perdería una a una las provincias de su reino si no lograba su amor. El mar deshonrado apaciguó sus olas, y la flota de púrpura navegó con el sol poniente hacia las costas tibias del sur.

El ánimo de los caballeros de occidente se exaltó en escaso modo ante tamaño ultraje. Guardaban hondo rencor al Imperio, a su egoísmo, y a su emperador. La mala fe con los primeros cruzados estaba aún fresca en sus memorias; la nobleza franca temblaba aún de altivez con tales recuerdos. Después de todo, aunque cristiana la princesa, no era de ellos vengar agravios que a otros correspondía...

Brandimarte fue, sin embargo. No es posible contar con minuciosos detalles el viaje a aquellas comarcas —la región inhospitalaria en que el odio vigilaba como un hombre desde el torreón de cada castillo—, la fe de que tuvo que inundarse para conservar pura y limpia su alma (vestían él y su palafrén de blanco: el color expresaba fe); el choque con los paladines de

Trípoli que día a día aparecían vestidos de hierro en la cuesta lejana del camino, brillando al sol naciente; la altanería del Conde que consintió entregar a la princesa si el caballero franco triunfaba de los tres campeones en más alta gloria de valentía, el encarnizado combate que Brandel libró con ellos, la muerte de estos, y por último la brillante victoria que obtuvo sobre el mismo monarca, pues el Conde, al ver yacentes en la arena a sus tres campeones, bajó del estrado con altivo continente, y alzando la voz orgullosa ofreció a los príncipes y a cuantos le miraban en aquel momento la sangre de nuestro paladín, en ofrenda a la nobleza consternada por el triple duelo.

Esta hazaña ha sido narrada por más de un poeta avezado en tan difícil arte.

El choque fue tan impetuoso que la princesa se desmayó. Los espectadores, llevados de entusiasmo, se pusieron de pie, gritando con las espadas en alto. Brandimarte había dirigido la lanza al pecho de su adversario; el Conde hizo lo mismo. Las lanzas saltaron en pedazos. Un silencio pasó. Los combatientes volvían al paso al punto de partida. La trompeta sonó de nuevo; los caballos partieron a escape con las narices llenas de sangre, levantando con las patas un reguero de polvo. Y chocaron de pronto en un sordo temblor de carne a que siguieron enseguida dos golpes metálicos, uno detrás de otro. Ambos cayeron, desarzonados. El combate prosiguió a pie sobre la arena blanca. Revolvíanse entre olas de polvo, las hachas caían sobre los escudos como sobre un árbol secular, a dos manos, para voltear de una vez. Las vibraciones del metal enloquecían el aire caldeado, llegaban a los espectadores, se abrían ondulando, como los golpes de una fragua lejana, que el viento trae por bocanadas. La arena brillante de mica se espolvoreaba alrededor de ellos, espesándose hasta ocultarles, rasgada en lo alto por un brazo negro que se detenía un instante, hundiéndose enseguida. Los caballos, alejados al fondo, miraban atentamente, relinchando.

El duelo concluyó. El Conde, en un último segundo de vigor, descargó su hacha. El guerrero normando esquivó el golpe y su adversario cayó. Entonces, en el momento en que el Conde se incorporaba, Brandimarte, reuniendo todas sus fuerzas, levantó el hacha con sus dos manos, y echando el cuerpo atrás, en puntas de pie, dirigió al pecho del Conde tan atroz golpe que el guardacorazón saltó en pedazos y el hacha entró hasta el fondo.

* * *

El emperador griego iba todas las tardes a sentarse a la orilla del mar. Su vista no se apartaba del sur; gruesas lágrimas caían de sus ojos, lágrimas por la princesa su hija y último encanto, que nunca más volvería a ver. Cuando en un bello crepúsculo de principio de otoño, una tarde antigua del sur de Grecia que traía hasta la costa el perfume de los mirtos, una vela azul se destacó en el horizonte. El viejo emperador se puso de pie sobre un peñasco y alzó los brazos al mar, temblando de emoción. El conocía esa vela, sí, sin duda. Era de seda, de azul un poco pálido, que una opulenta caravana condujo desde Bassora. ¡Ella, por fin! La galera avanzaba armoniosamente. La vela dilatada se tendía hacia adelante, en un ancho gesto de plenitud. Sobre la límpida extensión del mar, las olas se rizaban en amplias curvas paralelas hacia el este; la espuma, antes lechosa, tenía ahora un color y transparencia de topacio, por el sol ya horizontal cuyo disco cortaba a lo lejos con pequeños saltos negros una banda de delfines. En el mismo sol la vela traslúcida se amorataba, exhalando a su paso sobre el mar, como un perfume, el ancho suspiro del viento al atravesarla. El cielo empalidecía. Y este ambiente de paisaje antiguo era preciso a una tarde en que la princesa bizantina regresó en su bella galera y al son de flautas de ébano, después de un año de ausencia.

Bizancio ardió durante cinco días en fiestas espléndidas. El Imperio arrancaba de sus viejos cimientos la suntuosidad nacional dormida en tantas décadas de guerra, y las flotas incendiadas, tardes de hipódromo, fueron ocasión propicia para un brillante desenvolvimiento de las gracias bizantinas. Con una fastuosa noche en palacio terminaron aquellos festivales. Y tanto se agotó en ella el placer, que su recuerdo suele surgir de golpe en algún mísero descendiente de ahora, como un confuso y doloroso sueño de gloria.

He aquí los hechos principales.

El emperador, en su alto trono, dormía, la princesa a su derecha. Más abajo se sentaban los cuatro príncipes reales, Sosístrato, Manuel, Reinerio y Alejo, resplandecientes de oro y estofas pesadísimas, adorables de indolente gracia, reclinadas amorosamente las cabezas una en el hombro de otro, las bocas en suave sonrisa, rojas por el carmín, entrecerrando los hermosos ojos pintados, las cuatro gargantas fraternales descubiertas, libres de todo tejido doloroso, en cuya blancura ardían los cuádruples collares de rubíes.

Sobre la alfombra negra del salón el polvo de oro finísimo que la cubría se había desparramado en manchas espesas como una gran piel de leopardo. Ya hacía seis horas que los juegos duraban; preciso era que los príncipes dieran término a la fiesta, con su propia ejecución. Llegado pues el momento, Sosístrato se levantó, avanzando al medio de la sala.

Entonces entraron silenciosamente tres guerreros vestidos de negro. Avanzaban de la mano, despacio, y se detuvieron inmóviles. La corte se volvió al emperador que, arrancado de su ensueño, sonrió, bajando indulgentemente la mano repetidas veces.

Los guerreros tenían en la mano sus espadas brutales, pero eran ciegos. Sosístrato iba a combatir contra ellos, y por arma esgrimía su abanico. Los negros combatientes desunieron sus manos, siempre en fila. El príncipe alzó el brazo y el abanico se cerró. Pasó un momento. De pronto el frágil juguete golpeó el airón de un casco: la espada se levantó y bajó como un relámpago. ¡Ay! Sosístrato estaba lejos ya.

¿Habrá que decir cuánta emoción despierta un combate en esta forma, y de qué modo el interés se apodera del espíritu?

Pequeñas risas surgían de todos lados. Las espadas eran por demás inútiles, no llegaban nunca. El abanico del príncipe alcanzaba aquí o allí, en cortos movimientos llenos de gracia. Recogía en su mano izquierda el vuelo del pesado manto, avanzaba con maliciosa sonrisa, silenciosamente y en puntas de pie, hamacándose sobre ellos, el abanico en alto. La sala enmudecía entonces. De pronto un golpe rápido ¡tac! en el pecho, y huía con un ligero grito de espanto. Las risas comenzaban de nuevo. El juego era tan malicioso que no había manera de defenderse. Los guerreros se habían dado de nuevo la mano, aislados en medio del Imperio con sus ojos ciegos. Una rabia muda surgía de todo aquel hierro deshonrado por el abanico. Sus golpes eran cada vez más brutales; no decían una palabra y se estrujaban mutuamente las manos.

Delante de ellos, el príncipe continuaba recorriendo la sala a pequeños pasos furtivos, recogía en cada ataque el ruedo del manto sobrecargado de oro dejando al descubierto las cintas de seda rosa alrededor del tobillo, avanzaba, retrocedía, fingía rápidas carreras, todo entre el murmullo de conjeturas que despertaba su juego. Al fin se decidía a atacar; todos callaban. Y en ese silencio que ya conocían, los tres guerreros se apretaban uno contra otro en una gran necesidad de amparo para la miseria común. Pero el golpe breve caía sin darles tiempo, en el yelmo, en el ristre, en los quijotes, y tras el golpe, siempre el pequeño grito del príncipe asustado.

Ciertamente, a los combatientes les era dado defenderse solo cuando el abanico les golpeara. ¿Cómo, de otra manera, sería posible el juego?

El torneo concluyó, y no sin preocupación imprevista, pues los guerreros no abandonaban su sitio. Parecían no oír nada, estrechándose cada vez más fuerte las manos, las cabezas inclinadas, atentas al mínimo crujido de la alfombra, con las espadas temblando.

Cuando la tranquilidad sobrevino, Alejo se incorporó lentamente, echando atrás los bucles. Toda la gracia del Bajo Imperio había ungido al menor de los príncipes, sobre cuya cabeza el viejo emperador tenía puesta toda su complacencia. El adolescente se detuvo solo en medio de la sala y comenzó a bailar suavemente, la mano derecha apoyada en la nuca, la izquierda ciñendo el traje detrás de las caderas. El manto ajustado relevaba su delgadez de adolescente, tan finas las rodillas que aguzaban el brocato como dos pequeños senos. Sus pies medían pequeñas distancias. La música monótona cesó de pronto; las flautas recogieron la última nota, sosteniéndola vaguísimamente. Y en ese hilo perdido el príncipe se detuvo, juntó los pies, sin hacer un movimiento. Las caderas entonces comenzaron a ondular, giraban sobre sí mismas hinchando el manto alternativamente, las piernas y busto inmóviles. Al fin el adolescente de oro, acariciando el aire con sus caderas, recostaba la mejilla en el brazo desnudo, sonreía a la hermana distante, cerraba fatigosamente los ojos sombreados que se iban muriendo en una lenta agonía de carbón.

La danza concluyó. Entre tanto, el caballero franco, con los ojos muy abiertos, miraba. ¿Qué era todo aquello? ¿Y había tal deshonra y tal increíble juego de mujeres? Parpadeaba rápidamente para mejor comprender. Pero vio por fin que todos los ojos estaban fijos en él. El emperador le llamó de lo alto del trono. Fue y puso la rodilla en tierra oyendo la augusta invitación. El caballero occidental se incorporó pálido, bajó las gradas, avanzó al lugar donde se había combatido con un abanico, y dijo en voz alta:

—Yo no sé bailar. Cuando en mi país un caballero quiere combatir ruega al cielo le depare un adversario digno de sus fuerzas y con los ojos bien abiertos. Tampoco sé bailar. La nobleza franca está formada de hombres solamente, no de mujeres disfrazadas, y no sé de nadie que en este caso dijera cosa distinta. —Y volvió a su sitio con ocho pasos sonoros.

Se hizo un gran silencio. Los príncipes sonrieron vagamente. Una luz verdosa cruzó por los ojos pequeños del emperador; mas sacudió la cabeza, risueño. Solo la princesa no apartaba la vista del altanero huésped. Sus ojos, al principio curiosos, se iban llenando de un límpido asombro, vasto como la sombra de las nubes sobre los mares. Volvía a verle en África, aquella tarde sangrienta, con su gran estatura de hierro, sus brazos alzados a todo poder que parecían golpear el granito. Su vida diminuta diluíase ante los esfuerzos de aquel pecho, cada golpe heroico bajo el sol, que arrancaba al hierro su incesante grito de valor y orgullo. Llenábase de todo ese empuje viril que no conocía, esa franca fuerza sin rubor que iba a agitar excesivamente su frágil condición femenina de princesa griega. ¡Valiente y denodado caballero! Ahora concluía de hablar, tal como nadie habló jamás en el imperio de su padre. Retirose. Ya en la puerta volvió el rostro atrás y envió una última mirada a la pujante silueta que se había levantado en el fondo, dominando las demás cabezas.

Brandimarte cerró los ojos y apretó los puños. Pasó así un rato soñando. Al fin irguiose y llevó sonriendo la mano al bigote ¡ay! ya blanco.

* * *

Festejábanse en Bizancio las inminentes bodas de la princesa y Brandimarte de Normandía. ¿Cómo el celoso emperador pudo consentir tan irrazonable matrimonio? ¿Es de creer que a tal punto llega la debilidad de un glorioso monarca, sacrificando al amor de una hija única el porvenir del imperio, aun cuando este guarde como su más rico tesoro las vidas preciosas de los príncipes, herederos en no lejano día? Porque preciso es decirlo: la muñeca amaba a aquel áspero paladín. Le hacía sentar a su frente, mirándole con cada vez más asombro. A veces le tocaba con la punta del dedo, pensativa. En el lecho permanecía largo rato con los ojos abiertos, sobresaltábase de pronto. Un día le rogó le apretara la mano entre las suyas, lo más fuerte posible. Brandel sonrió, apagado. Así vivía, viejo y sensible con su tardío amor tembloroso, rudo tronco de fresno arrojado por el mar a las playas griegas, rejuvenecido y muerto en Bizancio por el perfume de aquel retoño imperial.

El banquete finalizaba. La noche, que había sido tibia, tenía ahora esa límpida frescura que aman las cabezas descubiertas. El Imperio dormía en paz bajo el gran cielo oscuro. En la terraza sobre el mar —en la mesa— los príncipes abrían los rizos de sus mejillas a la noche poética. La princesa esforzábase gravemente en ajustar sus anillos al dedo meñique de Brandimarte que sonreía, mirándola con contemplativa ternura. Y he aquí que Alejo, levantándose, dijo estas palabras:

—Hermana querida: justo es que en tan conmovedora noche recordemos el mínimo halago que pueda ser grato a nuestro heroico huésped, nuestra espada, nuestro hermano. Hoy hace siete años que el noble duque de Kiev —aliado nuestro— abandonó el camino de la vida, harto difícil ya para su pie vacilante. Recordémosle pues en sencilla manera, y que nuestro huésped haga honor con nosotros al inapreciable vino de que nos hizo obsequio el anciano gentil.

Cierto es: las proezas del guerrero occidental, ¿no serían muy pronto las del Imperio? ¿Y era posible no contar a tan brillante campeón la historia del duque Yaroslav que con el brazo ya trémulo sojuzgó no menos de quince jefes nómadas, cuyas tribus participaron más tarde de la fe cristiana? Mas la historia vendría luego, con la tranquilidad de espíritu que requiere toda narración.

El licor llegó, un esbelto bombylio verde. La corte se inclinó sobre la mesa, curiosa. Los príncipes se echaron atrás en las cátedras, vagamente fatigados. Entonces un esclavo negro extendió el brazo sobre el hombro de Brandimarte y vertió en su copa parte del precioso líquido. Brandimarte bebió. Nadie hablaba. En el estrecho el mar jugaba sin ruido, constelado por el rubí de las barcas que partían en fila con la hermosa noche de otoño.

Brandimarte callaba hacía rato, en sus ojos había un vago estupor doloroso. De pronto su cabeza cayó hacia atrás. Estaba mortalmente pálido. Hizo un esfuerzo para llevar la mano a la garganta y no pudo, respiraba a largos intervalos, profundamente. La princesa no hacía un movimiento. Miraba muda, los ojos sobreabiertos. Al fin recogió el manto hasta la boca y se hundió en la cátedra tiritando, la cabeza entre los hombros. Los príncipes, rendidos en su leve cansancio, miraban al huésped con los ojos entrecerrados; de una boca a otra pasaba la misma vaga sonrisa. Un esclavo, obedeciendo a una señal de Alejo, cruzó sus manos detrás de la cabeza de Brandimarte y la levantó, sosteniéndola. Los zigomáticos, contraídos en un rictus que torcía la boca hacia arriba, se habían paralizado sobre los pómulos, hinchándolos. Los ojos vidriosos y fijos no veían nada. El esclavo retiró las manos y el cuerpo se deslizó hacia adelante. La cabeza cayó atrás; los brazos pendían como rotos. Las inspiraciones iban retardándose cada vez más. Hacia el fondo se retiraban los nobles convidados, subían las escalinatas luminosas, desaparecían. Al rato los príncipes a su vez emprendieron la marcha, con la princesa que tiritaba aún. El esclavo arrojó la botella al mar y se fue. Y quedó solo, muriéndose sobre la silla, flor de nobleza y lealtad desamparada bajo la noche azul de Bizancio que velaba la agonía del caballero franco Brandimarte de Brandel.

REA SILVIA

Hay en este mundo naturalezas tan francamente abiertas a la vida que la desgracia puede ser para ellas el pañal en que se envuelven al nacer. Permítaseme esta ligera filosofía en honor a la crítica infancia de una criatura que nació para los más tormentosos debates de la pasión humana, y cuya vida pudo ser desgraciada como puede serlo el agua de los más costosos jarrones.

Sus padres le dieron por nombre Rea Silvia y la conocí en su propia casa. Era una criatura voluntariosa, de ojos negros y aterciopelados. Su alma expuesta al desquicio la hizo adorar (era muy pequeña) los brocatos oscuros de los sillones, las cortinas de terciopelo en que se envolvía tiritando como en un grande abrazo.

Era alegre, no obstante. Su turbulencia pasaba la medida común de las hijas últimas a que todo se consiente. Las amigas queridas de su mamá (señorita de Almendros, señorita de Joyeuse, señora de Noblecorazón) soñaban —unas para el futuro, otra para esos días— un ángel igual al de la blanca madre. El canario, que era una diminuta locura, los mirlos más pendencieros de la casa vecina vivían en gravedad, si preciso fuera compararlos con las carcajadas de Rea. ¿Cómo, pues, tan alegre, perdía las horas en la sala oscura, sombra y desgracia de las hijas que van a soñar en ellas? Problemas son estos que solo una noble y grande alma puede descifrar.

Hay detalles que pintan un carácter: si esto es vulgar, Rea Silvia no lo era.

Hablaba de amor.

—Yo sé —decía una vez delante de un reflexivo grupo de criaturas—, yo sé muchas cosas. Yo he leído y además adivino. Para nosotras (se alisó gravemente la falda) el amor es toda la existencia. Una señora murió, murió de amor. Nadie la conocía sino mamá y papá. Murió

Las criaturas —de la mano— se miraron. Una alzó la voz débilmente:

—¿Murió?...

Rea hizo un mohín de orgullo que la elevó quince codos por encima de su auditorio. Alzó la cabeza apretándose las manos:

—¡Qué dulce debe ser morir de amor!

Y repitió, pequeña *poseuse*, ante las cándidas aldeanitas: —¡Oh, sí, qué dulce!

¡Cuán voluble era su alma! Teresa, su hermana de dieciocho años, muchos sinsabores tuvo que apurar por ella. En conjunto, Rea Silvia era una criatura romántica, y yo, que cuento su historia, tengo de sobra motivos para no dudarlo.

Huía a la sala. Allí, echada en un sillón, con el rostro sombrío, mordía distraídamente un abanico para mejor soñar.

Se abrasaba en celos. Una de sus pequeñas amigas era Andrea (de la familia Castelli, con tanto respeto recordada en Bolonia). Un día, en una de esas crisis de pasión, luego de estrecharla locamente entre sus brazos, le cogió la cara entre las manos:

—¿Me quieres? —Andrea sonrió.

—Sí, déjame.

Rea temblaba.

—¿Me querrás siempre?

—¡Oh, no!, ¡siempre no se puede decir, Rea! —La fogosa criatura golpeó el suelo con los pies.

—¡Yo no sé si se puede decir! Quiero que me respondas: ¿me querrás siempre?

La había cogido de las manos. Andrea tuvo un poco de miedo, sonriendo tímidamente:

—¿Y tú me quieres a mí?

—¡Yo no sé!, ¡no sé nada! Respóndeme: ¿me querrás siempre?

—Sí, siempre —y se echó a llorar con los puños en los ojos. Rea la estrechó radiante contra su pecho, consolándola ahora. Yo digo: ¡almas de niña, que en Rusia enloquecen a los escritores!

En esta época mis visitas a la casa fueron más frecuentes; todo mi corazón estaba lleno por la dicha que esperaba del amor soncillo y plácido de Teresa. ¡De qué modo había deseado fuera un día mi prometida! Ya lo era, y mi alegría se desbordaba en múltiples ridiculeces que entonces —¡feliz entusiasmo ya lejano!— no vi. Rea Silvia fue la pequeña devoradora de mis besos a que aún no podía dar mejor destino, y asimismo de los bombones que le prodigaba mi forzosa galantería; verdad es que la quería mucho, y en mis rodillas, cuando hablaba con Teresa, supo con qué temblor se acarician los cabellos de una criatura cuya hermana, sentada enfrente nuestro, nos mira jugando ligeramente con el pie.

Todos los días, cuando yo llegaba, corría a colgarse de mi cuello. Me apretaba largo rato contra su cara.

Una noche Teresa me dejó un momento. Rea había pasado esa larga hora acurrucada en el sofá, mirándome con sus ojos sombríos. Fui hacia ella y la besé. Bajó la vista.

—¡Ah!, mi pequeña no me quiere más, ¿verdad?

Levantó apenas la cabeza, me miró fugazmente y se estremeció. Me incliné sobre ella:

— ¿No?... ¡Y yo que creía que me querías tanto!

Me incorporé para irme. En ese instante saltó del sofá y me echó los brazos desnudos, locamente.

—¡Sí, te quieto, te quiero mucho! —me besaba la cabeza, los ojos—, ¿por qué me haces sufrir? —Y repetía únicamente, sacudiendo la cabeza con los ojos cerrados, quejosamente—: ¡Sí, te quiero, te quiero!

Teresa entró con su suave paso. Al vernos, cariñosa hermana, se inclinó sobre Rea, y, como una madrecita, le ciñó la frente contra su cintura:

—¡Ya me parecía que el enojo de Rea no iba a durar! ¿Creerás? Esta noche en la mesa cuando hablábamos de ti se puso de pronto tan enojada que lo advertimos todos. Al verme reír huyó llorando. Estaba furiosa conmigo. Y también contigo. Esta pequeña —concluyó besándola en las mejillas— me odia.

En cambio... —murmuró alzando lentamente hacia mí sus ojos matinales...

Nos perdimos en seguida en susurros de amor.

Rea no jugaba más. Rea no hablaba más. Rea adelgazaba. ¿Quién recuerda a Rea en aquella época? Enfermó; la dulce amiga de mis confidencias. Se hundió en la cama, presa de una anemia tenaz, toda blanca, solo los labios por prodigio encendidos, más rojos aún que los de Teresa, como si la pequeña apasionada llama de su vida se hubiera encendido prematuramente con mis besos que —¡por qué la besé tanto!— no pasaban a su hermana...

Veinte días su existencia fluctuó, como el alma de los tristes, entre el esfuerzo y la nada. Los médicos en consulta pronosticaron desgracia. Yo velé como nadie las noches letárgicas de su inanición, y los augurios de felicidad que habíamos hecho con Teresa eran ahora tristes oscilaciones de cabeza que cambiábamos al pie de su cama.

Una noche, de franca esperanza, hablaba con Teresa del nombre adecuado para un posible descendiente nuestro. Concluí:

—Si es hombre, que lleve, en fin, el mío. Si es mujer, Teresa.

—No, no me gusta. Busca otro.

Mis ojos entonces se fijaron en la enferma que nos miraba desde el fondo de su almohada blanca. La envié un beso y dije:

—Rea Silvia.

—Pues bien. Rea Silvia.

La pequeña sollozó: —No, no mi nombre.

—¿Por qué? —le dije sosteniéndola en mis brazos—, ¿otra vez no me quieres?

—Sí, sí —murmuró apretando su mejilla a la mía. Y gemía estrechándome—: ¡No, mi nombre no!

Llegó el día del 24 de junio: todo estaba perdido. Rea Silvia comprendió que moría, y al lado de su madre y de su hermana revivió un momento para mí. Me hizo llamar: quería estar sola conmigo. Incorporose débilmente y se sostuvo con la cabeza bajo mi cuello:

—Voy a morir, creo. Y yo quería haber vivido... —Tiritaba bajo mis brazos.

—¡Cómo te quiero!, ¡cómo te quiero! —murmuraba—. Si pudiera morir así...

Tembló un momento, escondiéndose casi: —Dime: ¿me hubieras querido tú a mí?

La vista caída, deslizaba el pulgar a lo largo de los dedos. Movió la cabeza tristemente:

—No... no... —Tuvo un largo escalofrío. Al fin suspiró difícilmente—: ¿Me quieres dar un beso, di?

—¡Sí, mi alma, cuantos quieras!

Se colgó entonces de mi cuello, echando la pálida cabeza hacia atrás: —Un beso como si fuera... —Y cerró los ojos—. Como si fuera... — Volvió a abrirlos lentamente. Apenas—: ...Teresa...

Hombre y todo, me puse pálido. No dije nada: me incliné temblando a mi vez y uní mi boca a la suya. Para ella fue tan grande esa dicha de completa mujer que se desmayó. Por mi parte, puse en su boca el beso de más amor que haya dado en mi vida.

Me casé con Teresa. Rea Silvia tiene hoy dieciocho años y a veces recordamos ese episodio de su niñez.

—Francamente —me dice sonriendo— creía que iba a morir. ¡Qué tiempo tan lejano y cómo era aturdida! —Se calla, perdiendo la mirada a lo lejos—. Y sin embargo —concluye con un suspiro en que va el alma de todas las dichas perdidas en este mundo—, ¡cuánto hubiera dado entonces por tener ocho años más!

Es su misma hermosura, sus mismos ojos, su misma adorable boca, una sola vez mía.

La miro largamente: ella no. Se va. Al llegar a la puerta, vuelve lentamente la cabeza y me dice siempre en suave burla:

—Di: ¿no me harás morir de pena como antes?

¡Ah, si a pesar de esa burla estuviera seguro de que en Rea ha muerto todo!...

CORTO POEMA DE MARÍA ANGÉLICA

I

Habiendo decidido cambiar de estado, unime en matrimonio con María Angélica, para cuya felicidad nuestras mutuas familias hicieron votos imperecederos. Blanca y exangüe, debilitada por una vaga enfermedad en la cual —como coincidiera con el anuncio de nuestro matrimonio— nunca creí sino sonriendo, María Angélica llevó al nuevo hogar cierta melancolía sincera que en vez de deprimirnos hizo más apacibles nuestros aturdidos días de amor. Paseábamos del brazo, en esos primeros días, contentos de habernos conocido en una edad apropiada; mis palabras más graves la hacían reír como a una criatura, la salud ya en retorno comenzaba a apaciguar su demasiada esbeltez, y el señor cura, que vino a visitarnos, no pudo menos de abrazarla con mi consentimiento.

II

Los diversos regalos que recibimos en aquella ocasión fueron tantos que no bastó la sala para contenerlos. Nos vimos obligados a despejar el escritorio, retiramos la mesa, dispusimos la biblioteca de modo que hubiera mayor espacio; y allí, en la exigua comodidad, bien que muchas veces tornó favorable una loca expansión, pasamos las horas leyendo las tarjetas: diminutas cartulinas —sujetas con lazos de seda— de las amigas de María Angélica; sobres de algunas señoras a quienes mi esposa trató muy poco, dentro de los cuales a más de las tarjetas pusieron una flor; cartas enteras de mis antiguas relaciones que recordaron entonces una dudosa intimidad, flores, alhajas, objetos de arte. Cuando nuestra vista se fatigaba, nos deteníamos enternecidos, apoyadas una en otra nuestras cabezas, ante el sencillo obsequio de mis padres que me devolvieron —lleno por ellos y mis hermanos de afectuosas felicitaciones— el retrato de María Angélica.

III

Sentí un bienestar hasta entonces desconocido con aquel cambio de existencia: rápidas olas de alegría inundaban mi alma, llenaba la casa con mi bulliciosa actividad, golpeaba de tal modo las puertas, sobre todo de mañana, que mi esposa

—cuyo despertar era delicado— hubo de rogarme dulcemente que no hiciera tanto ruido. Logré al fin comunicarle algo de mi turbulencia; y dejando todo dispuesto para la cena —por las últimas tardes plácidas de abril— abandonábamos nuestra casa como chiquillos que salen a jugar. Las hermanas de Angélica nos acompañaban: largos paseos fueron aquellos, en que mi esposa procuraba hablarme a solas, prolongados a veces hasta la salida de la luna, y de los cuales hablamos a menudo cuando el invierno nos impidió repetirlos. Las cuatro hermanas, cuya suerte estuvo desde entonces unida a la mía, se llamaban Estela, Juana, Doralisa y Perdigona.

IV

Ellas, con sus caracteres familiares y la confianza que en mí tenían, fueron como un terreno agraciado a que llegó el desborde de todas nuestras ternuras. Estela, sobre todo, bien amada del padre y que dormía con lámpara encendida, alcanzó en aquel apacible torneo ser la elegida de mi amistad. Mi inclinación a la hermosa criatura venía de muy lejos, cuando en las primeras visitas que hice a María Angélica salía a recibirme vestida de blanco, el cuello envuelto siempre en negra cinta de terciopelo, desechando desde el invierno pasado las pálidas muselinas que atrajeron con justo motivo la animadversión del doctor. Era en invierno, estaba delicada. A veces, durante las veladas de novios, la observaba obstinadamente, como si su alma serena y frágil hubiera menester de ser sostenida. Paseaba sin hacer ruido, iba a menudo a las piezas interiores; y si en alguna noche contuve más de lo preciso la hora de retirarme, Estela, cuyos ojos ya no veían, nos abandonó vencida por el sueño.

V

En esa época —y sobre todo en las noches frías que hacían poco llevadera una larga inmovilidad— Perdigona servía el té. Las tazas y servilletas sentaban admirablemente a su figura un tanto desgarbada: la gravedad de que se revestía —bien que natural en ella— nos proporcionaba discreto placer. Era la mayor de todas, hacendosa, hábil en el manejo de la casa. Su inclinación a Juana era proverbial: de modo que cuando esta pequeña —a quien el piano era grato— repasaba sus lecciones, Perdigona abandonaba nuestra compañía por ir a su lado, seguía atentamente la música —aunque fuera dificultosa en descifrarla—, volvía las hojas a la menor indicación de Juana, se esforzaba, en fin, en que la pequeña diera justo cumplimiento a su tarea. Menos acentuado y aun diría displicente, era su cariño a Doralisa. El amor fraternal la había herido en la segunda de las hermanas, cuyas equívocas amistades atraían sobre sí la vigilancia materna. Doralisa vestía de colores oscuros, gustaba de todo aquello que desagradaba a Perdigona, enloquecía por los helados. Sus ojos admirables no cedieron nunca a la fatiga de una intensa contemplación; y cuando en una tarde de inquietud hube de internarme en la campaña para asistir a mi madre enferma, sus labios fueron los primeros en ofrecerme el beso de despedida.

VI

El recuerdo de las cuatro hermanas, sus deseos, su modo de ser, vienen a mi memoria acompañados de un olor de trébol, tal vez a causa de aquellos paseos con tanta frecuencia repetidos al principio de nuestro matrimonio. El feliz estado de salud de Angélica me animaba a la tarea de un completo restablecimiento, y la fortaleza de que hacía gala —en retorno de aquellos— me consolaba plenamente de todos mis temores. Esas correrías llegaron a ser obligadas en la distribución del día: ya de mañana, ya de noche, más a menudo de tarde, pues quedando nuestra casa en barrios extremos un brusco abandono de María Angélica podía ser corregido con el *tramway* que felizmente pasaba por nuestra calle. Juana tuvo necesidad de adelantar las horas de estudio, aunque no siempre venía con nosotros. Y así, en grupo —Perdigona con la pequeña, yo con Doralisa, María Angélica con Estela— dimos continuación a las excursiones que en el primer mes de matrimonio tan bien sentaron a mi esposa.

VII

En las tardes serenas que habían de permitirnos una aventura distante, íbamos a la dársena, como si el amor de Juana a los grandes vapores fuera también en nosotros. El olor de alquitrán sobre los muelles en compostura era entonces más intenso; llegaba de los diques un lejano golpear de martillos; avanzaban lentamente los buques de ultramar; y bajo el sol de fuego a que los oficiales exponían sus blusas más claras, nuestros pasos se detenían aquí o allá, viéndolo todo como por primera vez: el agua barrosa, descolorida en el antepuerto; la bajamar que tendía las amarras; los vapores fluviales —pequeños y amarillos de naranjas— que encantaban a Juana y Perdigona observaba con atención. Caída la tarde emprendíamos la vuelta siguiendo los malecones en largo trayecto. Doralisa, suelta de mi brazo desde horas atrás, reía bajo la clara luz de los arcos; Estela, fatigada y algo pálida, se acogía a mi solicitud, y en la avenida a que llegábamos en aquel momento, sus ojos buscaban los míos y me sonreían, solamente. Luego nos deteníamos en la vereda esperando una exacta separación de carruajes. Juana contaba como en un sueño y con los dedos extendidos los focos sin fin, hasta que la arrancábamos de su abstracción cruzando apresuradamente el asfalto, sobre el que la sombra de Doralisa era más elegante que la de las cuatro hermanas.

No nos deteníamos en el centro, pasábamos a lo largo de las joyerías incendiadas de luz, los grandes bazares que dejaron las vidrieras abiertas. Las fachadas, oscuras en lo alto, se aclaraban en bruscos efectos de color; los edificios parecían animarse como faros vibrantes, bajo la violencia de su reclamo. La multitud, entonces más aclarada, nos permitía avanzar con holgura, y Doralisa ya no recogía sus faldas. El centro brumoso de luz voltaica quedaba detrás nuestro; y en pos de una hora de marcha, al dejar a las cuatro hermanas en su casa, nos volvíamos para ver cruzar sobre el fondo negro del silencioso arrabal, las ventanillas iluminadas de un *tramway* eléctrico.

VIII

Otras veces íbamos a las carreras; en el Velódromo tomábamos seis sillas juntas para poder comunicarnos sin levantar la voz. El Portland tenía a nuestra vista una blancura muerta, especie de serenidad aprendida, como una tierra que hubiera conocido el peligro —durante millares de años— de una inminente descomposición. La estrecha cinta negra, en el circuito interior, desenvolvía su curva irremediable; la pista rasa, sin un recuerdo de vitalidad, parecía haber asimilado en su locura la calva de los grandes corredores. Asombrados, seguíamos a estos en su negligente paso de jóvenes atletas, sonriendo sobre los manubrios caídos, la marcha lenta al principio, los ojos soslayados y ya serios, la primera vuelta, las alternativas de posición, los labios contraídos de pronto, y el embalaje como un rayo, la desbandada, la espantosa velocidad de las máquinas, el vértigo de los virajes, la recta devorada en cuatro segundos, ya estaban lejos. Doralisa me hacía preguntas. Y yo le decía: "¿Ves?, aquel pequeño que oprime sus riñones se llama Singrossi; aquel otro que continúa marchando, trigueño y que parecería débil si no fuera tan esforzado, se llama Tommaselli; ese muchacho de sonrisa irónica cuya camiseta tricolor habla de Francia, es Jacquelin; y más allá aún, aquel corredor galante que hace señas a su amiga, derrotado muchas veces por motivos de amor, se llama Grogna".

IX

Con los primeros fríos abandonamos esos paseos que, si en verdad higiénicos, eran de larga duración, y comenzaron las veladas de invierno, en que me propuse que las cuatro hermanas nos acompañaran lo más a menudo posible. Como nuestra casa y la de los padres de María Angélica quedaban en la misma calle, y aun en la misma orientación, podíamos hacer el corto viaje sin exponernos a los vientos lluviosos del sur: así es que muchas veces una bulliciosa carrera seguida de repetidos golpes en la puerta nos anunció la llegada de las cuatro hermanas a las cuales, en verdad, no esperábamos con la noche tan inclemente. Los progresos muy formales que Juana obtenía en la música hiciéronse visibles en casa, pues entre las muchas locuras que tuvieron por motivo la alegría de nuestro matrimonio, compramos un piano cuya adquisición me rogó mi esposa. Nosotros no conocíamos música, pero un deseo de María Angélica, en aquellos días, era una orden para mí; y aunque en nada la hubiera contrariado, preciso es decir que su timidez fue mucha cuando me propuso una noche y luego de apagada la luz un gasto que nos era bien difícil. Esas veladas desarrollábanse en la sala, por costumbre de mis visitas a María Angélica. Hubimos de variar la colocación del piano, para que la luz en los ojos débiles de Juana fuera más eficaz, y Doralisa hizo transportar desde el escritorio las últimas revistas. Mi inclinación a Estela, acentuada ya, llevábame a su lado, en el sillón donde reclinaba la cabeza. Hablábale, escuchábamos el piano, la hacía reír a veces, me apresuraba a servirle el té que Perdigona no quería cederme. Y allí, pensativo ante su vestido blanco de bienamada, mi alma comenzó por primera vez a vivir una vida ficticia. Cuando daban las once María Angélica se levantaba. Aunque no era la mayor, su nuevo estado proporcionole sobre sus hermanas una influencia natural a que ellas asentían; en la serena rectitud de su alma no se cansaba de dar sensatos consejos a Doralisa —llevándola a su cuarto— de los cuales mi esposa salía disgustada y Doralisa llorando. Las acompañábamos. A la vuelta el frío era más áspero, el barro rojizo de los arrabales subía hasta las veredas. Caminábamos con precaución, evitándolo. Era a veces tan espeso que, cansado de aquella larga exposición al aire libre, la subía en mis brazos. Y así marchábamos, la cara recortada en sus cabellos, deteniéndome debajo de los faroles para besarla en los ojos.

X

En otras noches, el ánimo dispuesto para mayor familiaridad, nos reuníamos en estrecho círculo, María Angélica y sus hermanas sentadas, yo por lo común de pie. Las obras que leía Perdigona hablaban seguramente de viajes, pues el recuerdo de aquellas parecía animar sus ojos cuando la conversación —a veces estudiosa— me obligaba a rectificar el nombre de algunos países poco conocidos. Observaba entonces a Perdigona y le proponía visitar las capitales o bien los desiertos. Su rostro encendido y la risa de sus hermanas me animaba a inquirir ese rubor, pero María Angélica, compadecida, me pedía por señas que no la avergonzara más. Juana, aturdida, decía el autor de aquellos libros; y de este modo iniciada la alegría, oía la confesión de las viajeras:

—Yo —comenzaba Doralisa— iría a Montevideo. Después a Italia y subiría al Vesubio.

—¿Nada más? —le preguntaba. —¡Ah, sí! —respondía vagamente, mientras jugaba con sus anillos, la vista perdida en la lámpara—: ¡a tantas partes!...

Juana quería hablar y se apresuraba:

—Yo quiero ir a Asia y a África y a Montevideo y al Paraguay. Y después al desierto y a las montañas y al Paraguay y a Europa...
—Se detenía haciendo memoria. Perdigona, aún no repuesta, murmuraba:

—Viajar lejos... ¿no?... quién sabe... —Notando nuestra tentación, callaba.

—Di, Perdigona, di. —Y aunque nuestras instancias eran grandes, Perdigona no proseguía. ¿Qué mundo extraño, qué país más allá de los mares deseaba visitar Perdigona? Estela, entretanto, con los ojos cerrados, no oía mis preguntas. Y María Angélica, que la miraba con ternura, le pasaba la mano por la frente.

XI

Los fríos húmedos a que nos expusimos en aquellas salidas al exterior —al final de las veladas— tuvieron desagradables consecuencias. Perdigona, Juana y Doralisa cayeron en cama; y la inquietud de los primeros días fue bastante poderosa para que María Angélica pasara tardes enteras en casa de sus padres. Por desgracia su constitución delicada no le permitió con impunidad ese desarreglo, y a mi vez tuve que cuidarla, permaneciendo a su lado dos largos días, al cabo de los cuales tornó el bienestar y su amor, de que me había privado una desconsoladora fiebre. Como Juana, Doralisa y Perdigona entraban ya en franco restablecimiento, Estela pudo, una noche, venir a acompañarnos; y su pura presencia evitó en algún modo las caricias demasiado sensibles aún. Reclinada sobre los almohadones, su vestido blanco traía nueva y obstinadamente a mi memoria la noche en que le serví el té. Fui con ella, era tarde. La calle estaba desierta, las faldas de Estela rozaban mis rodillas, y al lado de la hermosa criatura, entregada así a mí, el recuerdo de María Angélica se adormeció. Para evitarle el agua de las pequeñas lagunas —a lo largo de los terrenos baldíos— la levantaba ligeramente de la cintura. Al despedirme me extendió la mano. La recogí con un movimiento breve y la apreté con los dientes apretados. Ella gimió.

XII

Al otro día Estela fue a casa, pero sus ojos, antes tan plácidos para mirarme, perdieron la confianza que en mí tenían. La estúpida insistencia con que hablé a María Angélica de Estela me hizo conocer el estado de mi espíritu, y procuré por medio de un recrudecimiento de pasión buscar a su lado una calma que solo su sereno amor podía devolverme. Ocupámonos entonces en resucitar los primeros días de matrimonio. Cerramos nuestra puerta a todo el mundo, y comenzaron las risas mientras nos levantábamos; los cortos encierros en su cuarto, en castigo de no sé qué ingratitud imaginaria; las romanzas interminables que cantábamos a dúo, pero con tan moderada voz que teníamos que acercar mucho nuestras bocas para oírnos; los cansancios nocturnos, cuando concluida la cena —demasiado inmetódica— me pedía, fingiéndose rendida de sueño, que la hiciera dormir en mis rodillas. El mes de agosto concluía: unímonos en concilio y salimos una tarde, cerciorándonos de que las puertas quedaban bien cerradas, en busca de una aventura —como decíale riendo— cuyo único objeto era ciertamente evitar que hiciéramos locuras en casa. El día, claro, favorecía nuestra excursión. Un suave calor de primavera hinchaba las yemas de los jóvenes árboles, desquiciados en los meses atrás por el interminable mal tiempo. Los rieles lucían, los hilos telefónicos suspendían aquí o allá, como míseras banderas, los despojos de la última tormenta. Animada por la alegre marcha, en el día de luz, María Angélica se quitaba la capa. Con su abrigo al brazo —cuyo calor me era tan fiel— caminaba a su lado, un poco detrás; no podía menos de mirar pensativo su débil cintura que tanta inquietud dio al doctor cuando le consulté por un probable embarazo. Volvíamos por la avenida Alvear, oscura ya, retemblando a lo largo por la carga de carruajes que se precipitaba en ella. Un ligero escalofrío de María Angélica me advertía la impropiedad de exponerla por más tiempo al crepúsculo; colocándole su abrigo, seguíamos nuestro peregrinaje. Los carruajes concluían por fin de pasar, llevando la batalla al centro. Sobre los árboles oscuros aparecía la luna, el paisaje adquiría ese aspecto melancólico de los jardines claustrales, la placidez de la noche abría nuestras esperanzas a mejor porvenir, y mi alma, abierta de par en par, se dejaba llevar soñando por la ternura de su brazo.

XIII

Poco tiempo duraron los buenos días. El viento del sur, de nuevo implacable, azotó los retoños y trajo en torbellinos hasta nuestro patio el humo de las próximas usinas. Las fugas no pudieron repetirse, estábamos bloqueados; y a la pregunta un poco irónica que las cuatro hermanas nos hicieron por carta, contestamos que nuestra casa estaba siempre abierta para ellas, y que tanto yo como mi esposa tendríamos especial placer en verlas de nuevo. La larga semana transcurrida me había dado motivos para creer en una completa curación; de modo que cuando vinieron a saludarnos con equívoca seriedad, le dije a Estela estrechándole francamente las manos:

—¿Me perdonas? —María Angélica, que había oído, nos preguntó si teníamos algún disgusto pasado.

—No —le respondí—; era una locura, ¿verdad Estela? —Estela asintió; y sus ojos en que busqué inútilmente la verdad ocultada, sonrieron a María Angélica. La única preocupación de Juana, en aquella ocasión, fue tocar y tocar aturdidamente el piano, como si la prueba de sus adelantos no pudiera ser retardada por más tiempo. En verdad poco lo hubiéramos advertido —en el desahogo de tantos días— si Perdigona, cuya vigilancia estaba en todo, no nos hubiera llevado a la sala donde la pequeña continuaba desprendiendo el orgullo de su vertiginosa ejecución. Perdigona trajo la lámpara desde el escritorio, pues la sala había sido desprovista de ella cuando ya no fue necesaria; el polvo de los espejos, muebles y piano, desapareció en un momento bajo el delantal de María Angélica, empuñado a guisa de plumero por aquellas manos hacendosas. La fresca tez de Doralisa detenida atentamente frente al espejo me llevó a su lado:

—Doralisa, armoniosa Doralisa, temo decírtelo, pero mi cariño hacia ti es tan grande que no dudo en arrostrar tu enfado. Doralisa: esa falda que llevas no se usa ya.

—¿Cómo? —me respondió bajando vivamente la cabeza como si hubiera recibido una herida en la garganta—: ¿Qué sabes tú?

—¡Ah, incrédula! Verás: esos volados no deben estar superpuestos, sino aplicados sencillamente a la extremidad del anterior; el paño delantero tiene necesidad de ser más angosto, mucho más angosto... —Me interrumpió burlándose:

—¿Quiere Ud. decirme cómo sabe tantas cosas de nosotras?

—No es difícil, Doralisa —concluí gravemente—; si tú fueras más estudiosa y leyeras las hermosas revistas que llegan de Europa, que tantas veces te he querido enseñar en el escritorio...

Doralisa huyó de mi lado, y el ruido en el cuarto contiguo me advirtió la eficacia de mis lecciones. Mi atención, esta vez, era llamada por Estela. El vestido blanco le abrazaba más estrechamente la cintura, la parte superior de los brazos. Su cuello se había dilatado. Como lo hubiera hecho notar a María Angélica, quedámonos largo rato en contemplación de su cuerpo; y después de un suave cuchicheo (no quería creer que Estela se hubiera ofendido sin razón) ordenó que nos abrazáramos en prueba de eterna reconciliación. Estela sonrió y yo me reí. La estreché en medio de la sala, mientras la pequeña, distraída en aquel instante, levantaba sus ojos del piano y nos miraba. Cercana la hora de cenar, rogamos a las cuatro hermanas que se quedaran con nosotros, aunque poco podíamos ofrecerles no habiendo sido advertidos de tan numerosa visita. Perdigona rehusó, y Doralisa, que salía del escritorio, fue del mismo consejo. A la hora de la despedida mi mano pasó a lo largo de la de Estela: todo el recuerdo de María Angélica, toda la serenidad de los últimos días, habíalos visto desaparecer por completo desde el momento fatal en que la abracé de nuevo.

XIV

Propuse a María Angélica un viaje de corta duración que fue acogido por ella con divina sonrisa de gratitud. El afán que demostré en los preparativos de viaje fueron como un rocío para su alma, y sus largas miradas —cuando mi preocupación llegaba hasta obstinarme en que no olvidara los vestidos sencillos, bien que de gran abrigo— se humedecían de ternura, a las cuales respondía embargado con un silencioso apretón de manos. La solicitud de las cuatro hermanas estuvo siempre al lado nuestro en los últimos días. Juana, tan pequeña como era, ayudábanos mucho, disponía la ropa blanca en la valija como una madre. Y como en casa no teníamos escalera, fue ella quien, sostenida en mis brazos, desprendió las cortinas de la sala, costoso regalo de un antiguo amigo de mi familia, a quien poco conocí. Perdigona fue el alma de toda aquella tarea, vigilando, ordenando, desobedeciendo a veces a mi impericia de hombre que vivió largo tiempo sin familia. Doralisa, con las faldas recogidas, huía de las cajas polvorientas. Su negligencia dañaba nuestro afán de jóvenes hormigas, y las reconvenciones de mi esposa, faltas en esta ocasión de eficacia, solo hacían reír a Doralisa. Cuando el sol empezaba a descender recorrí por última vez todos los cuartos. En la sala hallé a Estela; y aunque en toda la tarde había evitado dirigirle la palabra, sentí la necesidad de hablarle, como si el peligro de su voz, de sus ojos dirigidos a mí, hubieran podido calmarme. Y le pregunté, aunque bien lo sabía:

—Ya nos vamos, Estela. Uds. nos acompañarán, ¿verdad? —Sin bajar los ojos, me respondió afirmativamente, pasó a mi lado, fuese. Tras su vestido blanco que debía olvidar, me quedé tan lleno de tristeza que abrí el balcón y recostándome en el mármol cerré los ojos lentamente. Ya en viaje a la dársena permanecí mudo, agradeciendo en el alma el ruido del carruaje que no me hubiera permitido hablar, María Angélica, triste, sentía abandonar Buenos Aires. En un momento, un prolongado obstáculo acercó nuestros carruajes; cambiamos algunas palabras ya emocionadas por la próxima separación. En esa tarde de precoz tibieza que el invierno abandonaba desconsoladamente, el agua de la dársena refluía desde las tres de la tarde. Esperamos largo rato, procurando hablar de cosas ligeras. Todos, con la cabeza baja fingíamos distracción, deseábamos en cierto que la hora de salida fuera inminente. Juana, pequeña, no sintiendo como nosotros la tristeza de estar separada quién sabe por qué tiempo, lo veía todo y hablaba. Y a sus observaciones, indiferentes entonces aun para Perdigona, asentíamos con una sonrisa mortecina que no tenía ningún valor. La hora triste llegó. Mudos, nos mirábamos. María Angélica se echó en brazos de Estela, y llorando se despidió de todas, una después de otra. Doralisa, encendida y trémula, vino hacia mí con las manos extendidas; pero yo la estreché entre mis brazos. Lloraban todas las hermanas con nosotros. La pequeña, herida de pronto por un dolor que tenía mucho de espanto, no se desprendía del cuello de su hermana.

—Volveremos —decíale esta enternecida y consolándola—, volveremos, Juana, y pronto, verás, no llores, volveremos. —Yo di un paso hacia el vapor. Las amarras sueltas, caían al agua.

—Vamos —exclamé.

Y besando a Juana de nuevo me despedí por última vez y conduje de la cintura a María Angélica, pues su pañuelo, oprimido contra los ojos, recogía un raudal de lágrimas. Estábamos ya en movimiento. En tierra las cuatro hermanas nos miraban. En la luz crepuscular el vestido blanco de Estela parecía más amplio. La distancia creció; entonces, sobre los muelles grises, los pañuelos de las cuatro hermanas nos saludaron de lejos. María Angélica cogió presurosa el suyo, pero desfallecida de emoción no tuvo fuerzas y se dejó caer en mi hombro. Y con el brazo que me quedaba libre levanté el pañuelo y lo agité largamente, hasta que el último saludo de las hermanas fue apenas un pequeño temblor blanco, cuando salvábamos la rada interior y la noche se hacía completa. Reclinados en la borda, las cabezas caídas, soñábamos. Solo de rato en rato veíamos cruzar debajo nuestro, sobre las gruesas olas oscuras que huían tras el vapor, el oscilante reflejo de las boyas luminosas.

XV

El carácter de María Angélica, tan lleno de cordura, comenzó a sufrir en aquella nueva existencia, y mis afanes por distraerla nos llevaron a extensos paseos, noches de sofocante calor pasadas en los teatros, cuya bondad —aun fatigándola en exceso— fue visible en el retorno de sus hermosas cualidades. Sus conversaciones insistían siempre en la pena de que Doralisa —enamorada de Montevideo— no estuviera con nosotros; las rientes mañanas de octubre recordaban sus grandes sombreros; las cartas recibidas semanalmente —aunque graves— traslucían en sus invitaciones a que visitáramos esto o aquello, su alegre solicitud. Mi pena oculta no curaba. En vano mis propósitos de olvidar a Estela obstinábanse día a día en mi espíritu. El error vivía ya por sí solo, y si en una noche rogué a mi esposa que vistiera un peinador blanco, de sus repetidos besos por ese capricho de recién casados surgieron más obstinadamente mis deseos de Estela. No quise sin embargo rendirme. Nuestras ternuras, como en la lucha anterior tan tristemente infructuosa, velaron en exceso. Mis caricias, asaz aturdidoras, llevaban consigo su salud, y frágil, cansada, vivía entre mis brazos como una flor de consuelo, ella que debía ser el vaso divino de toda mi consideración amorosa. Salíamos a veces del brazo como dos palomas a quienes se abandonó unidas por la misma cinta. Por las plazas, blancas de luz, las ropas primaverales eran más ligeras; la ciudad se tendía hacia las playas. El disgusto que me ocasionó un capricho suyo en una de estas salidas hízome conocer la vuelta de sus trastornos, cuya causa decidí hallar a todo precio. Observé detenidamente y por varios días su modo de ser, el lecho muy agitado de que su delgadez era el encanto. Llegó a evitar, acogiéndose a las almohadas con una terquedad verdaderamente de niño, mis besos matinales; el desahogo que sentí fue inmenso cuando el médico —a cuya consulta solo condescendió en pos de infinitos ruegos— habló ligeramente de la enfermedad, sonriendo y estrechándome las manos. La fausta nueva, como un cántico de buenaventuranza, adormeció desde ese instante el recuerdo insensato que conservaba de Estela. El acontecimiento imprevisto salvó nuestra felicidad, y en el abrazo de dicha con que envolvía a María Angélica, el vestido blanco de aquella deseada criatura se purificó.

XVI

El recuerdo de esa época que más tenazmente se ha fijado en mi memoria evoca las manos pálidas de Estela el día en que las detuvo en las mías, después de cuatro meses. Apenas detenido el vapor, las cuatro hermanas estaban con nosotros. María Angélica tuvo necesidad de sustraerse a sus abrazos, pues la pequeña —la primera— colgándose de su cuello la había hecho sufrir un poco. Volvimos. Buenos Aires, lleno de luz que ya no recordaba, se abría al sol como una flor nueva; el cielo purísimo brillaba sobre las puntas de fuego de los pararrayos; el ruido colmaba ampliamente el estridente pulmón de las calles. Nuestra conversación, pasados los primeros momentos, se hacía apacible, y contaba a Perdigona cómo en una noche de serio malestar para María Angélica la serenidad estuvo a punto de faltarme cuando corrí a buscar al médico. Y a Juana, cogiéndola de la barba, hacía preguntas sobre sus estudios, el piano, aquellas piezas sencillas de la época en que visitaba a María Angélica, que tan difíciles parecían para su temprana edad. Y Doralisa —inmóvil en el fondo del carruaje, con los ojos perdidos— inquiriéndome con voz melancólica pedía mis recuerdos de las playas, las quintas de los alrededores, la luz de los teatros, las horas populosas de Montevideo que quién sabe cuando ella podría ver. Y mi alma tan fuertemente agitada por aquellas caídas y renacimientos se sostenía apenas como un vaporoso vestido blanco; y la criatura que dentro se abrigaba se apoderaba de mí por instantes, ponía sus manos sobre mi corazón, para dejarme caer rendido al lado de María Angélica, en cuyo seno —entonces fecundado— latía nuestro pequeño descendiente. Mi detracamiento azuzaba ese doble juego espiritual: mi amor volaba como una pluma. Los cuidados, no obstante, de su cercano alumbramiento despertaron mi antigua adoración, y apagaron para siempre (¡qué fugaz fue sin embargo este tiempo!) mi deseo de Estela. Me recogí en casa, cerré la puerta a las visitas, cumplía mil pequeñas obligaciones. Comenzó a sufrir mucho con su nuevo estado. Su delgada belleza era una débil luz en el dormitorio, como si entrara en él furtivamente; sus graves dolores hallaban en mi alma un eco de desolación, y en las repetidas noches que pasé a su lado velándola, sus manos fuera de las sábanas y apretadas contra mi frente fue lo único que me consoló. Débil y dolorida aún después de un día de reposo en cama, llamé al médico, insistiendo —antes de ver a María Angélica— en la discreción de que no aparentara inquietud alguna, por más que era innecesario casi decirlo. La consulta fue larga. María Angélica, sobre el hombro del doctor inclinado, me sonreía. Yo me paseaba nervioso, deteniéndome a ratos para ver. De pronto una seña me advirtió la necesidad de que no hiciera ruido; y suspenso, llegó de la cama confusa a mis oídos el golpe breve de la percusión.

—No es nada —me decía luego el médico mientras caminábamos—, su señora debe ser muy nerviosa, ¿verdad?

—Sí, no mucho —le respondí.

—Efectivamente necesita calma, evitar todo desarreglo y sobre todo —concluyó mirándome con inteligencia— mucho reposo. Le apreté la mano sonriendo y volví apresuradamente para disipar la inquietud de María Angélica. La hallé sentada en la cama. Abracela con intenso amor, llenos ambos de consuelo; y jugando con sus cabellos, reímonos un momento cuando le conté cómo el médico —temeroso al principio por mis datos—, me miraba luego con asombro al ver mi ignorancia tan completa de esa supuesta enfermedad.

XVII

Las cuatro hermanas, algo alejadas de nuestra casa por el frecuente malestar de María Angélica, nos visitaban de tarde en tarde. En vano decía a esta que la distracción le era tan eficaz como el reposo, y que fácilmente podríamos conciliar esto trayendo aquellas a nosotros, recomendándoles el menor ruido posible. Recordaba también la pena real que las acongojaría viéndose rechazadas en una ocasión que volvía tan necesario el animoso consuelo de la familia, y aunque diligente, no podía yo de ninguna manera rodearla de esos preciosos cuidados. Los dolores más sosegados y sobre todo la inmensa bondad de su alma condescendieron, y escribí en la misma tarde a Doralisa: "Mi querida Doralisa: María Angélica sigue mejor. Me dice que desearía mucho ver a Uds.". Esa noche abrazamos a Juana, Doralisa y Estela. A Perdigona, demasiado atareada, le había sido imposible venir. Como María Angélica permanecía aún en cama reunímonos en el dormitorio. La luz de la lámpara alejada en un rincón llegaba vagamente hasta el lecho, sobre los brazos volubles de Juana — reclinados sobre él— cuya peligrosa irreflexión mi esposa detenía con cordura. La noche cálida de verano desechaba los abrigos, y los sombreros de las tres hermanas, en el recuerdo invernal que de ellas tenía, daban a las tres cabezas un aire de completa novedad. Hablábamos, entre tanto: las carreras internacionales, desarrolladas con escaso interés ese año; nuestro viaje a Montevideo que aún despertaba en Doralisa largas melancolías; la desgraciada muerte de una pequeña amiga de Juana, a quien un carruaje arrolló cuando iba a dar sus primeros exámenes; la procura del mes en que nacería el primogénito, el probable color de sus ojos y el nombre que le pondríamos. Juana, orgullosilla, quería tocar el piano, pues eran incalculables las ventajas que había obtenido de tan armonioso instrumento. Discutíale la impropiedad de la hora como a una persona mayor, y al fin lograba rendirla a mis promesas de que —la noche en que naciera el pequeño sobrino— daríamos una gran fiesta donde no sería ella la menos atareada. La conversación enmudecía cuando sonaron las once.

—Vengan mañana —se despedía María Angélica—, creo que seguiré mejor.

—¿Será pronto la fiesta? —preguntó la pequeña. Todos nos miramos:

—Loca, loca —murmuró atrayéndola hacia sí y besándola. Fuímonos. Cuando volví María Angélica dormitaba. Crucé de puntillas el cuarto y bajé la luz a la lámpara. Cerrando la puerta, levanté un momento las cortinas para ver la luna que alumbraba el patio y me volví.

XVIII

Después de esa noche el estado de María Angélica fue agravándose rápidamente. Sus dolores disminuyeron, pero la fiebre iniciada días antes tuvo una persistente intensidad. El médico, ya inquieto, desechó toda idea de trastorno superficial y después de un detenido examen me llamó un día aparte.

—Francamente —me dijo— no me gusta el estado de su señora.

Yo lo miré atontado, como si de golpe me hubieran sujetado un pañuelo mojado a la frente.

—¿Qué tiene? —murmuré al fin.

—No sé, algo que se me escapa. No veo claro. ¿Tiene Ud. predilección por algún médico?

—¿Para qué? —me quejé de nuevo, como si me estuviera atormentando inútilmente.

—No sé —repitió—, pero creo que una consulta sería necesaria.

—Bueno —me apresuré entonces—, el que Ud. quiera, me es indiferente. ¿Mañana?

Él se detuvo un momento, temiendo sin duda desesperarme, con una necesidad más apremiante.

—Bien, mañana a las ocho —dijo al fin.

Pasé la noche haciendo horribles conjeturas. Fui dos veces a su cuarto, con fútiles pretextos, mirando de soslayo el movimiento de su pecho. En el exceso de observación que me rendía, el ritmo de mi respiración acompañaba a la suya, como si mi vida estuviese sometida —como una pluma— al soplo de su aliento. A las siete de la mañana mandé buscar a Perdigona y Estela, que vinieron enseguida. Ambas habíanse vestido apresuradamente, y tan alarmadas que tuve necesidad de acallar mis propias angustias.

—Creo que no sea nada —les dije en voz baja—, el médico tiene temores y hoy habrá consulta.

—¿Sufre mucho? —preguntó Perdigona.

—No, ha pasado buena noche. Demasiado buena —agregué pensativo. Nos dirigimos a su cuarto y en la puerta las detuve un momento—. ¿Cómo te encuentras? —le dije besándola. Sus labios estaban tan ardientes que sentí una sensación dolorosa—. Perdigona y Estela desean verte, ¿quieres?

—Más que todo —su voz apenas sensible me causó infinita compasión. Volví a la puerta:

—Entren. —Y les recomendé de prisa—: Hablen poco: vuelvo enseguida.

Así mi felicidad, todo el porvenir hilvanado con nuestras manos se iba con María Angélica. ¡Pobre María Angélica! No me quedaba una sola esperanza, tenía la seguridad plena de que iba a morir, como si esta idea de desventura hubiera estado oculta en el fondo de mis apasionamientos anteriores, cuando la adoraba demasiado vivamente por huir de Estela... A las ocho llegaron los médicos. Rogué a las hermanas que se retiraran. Animándola constantemente, sentado a la cabecera de la cama, ahogaba sus gemidos sobre mi cuello, y no sé de dónde sacaba fuerzas para no llorar por las dolorosísimas palpaciones. Concluida la consulta quedeme a su lado, escuchando como un eco el susurro que llegaba desde el patio. Se adormeció felizmente y salí

— ¿Y bien? —les pregunté. Hablaron aún un rato entre sí, y volviéndose:

—¿Su señora ha sufrido algún fuerte disgusto en el transcurso de este mes?

—No —respondí angustiado de nuevo por la forma de la pregunta.

—¿Alguna caída?

—Tampoco.

—Es extraño —murmuraron—. Seguramente su esposa está muy grave.

Me recosté en una planta, y solo alcancé a decir:

—¿Morirá pronto?

—¡Oh, no!... la criatura ha muerto... Sin embargo... —Prometieron volver a la hora—. Sobre todo —me indicaron—, no deje un momento el termómetro. Habían llegado Juana y Doralisa:

—Hicimos telegrama a papá. ¿Sigue mal? —me preguntó Doralisa. No quise desesperarla tan pronto, y respondí vagamente, rogándole al mismo tiempo hiciera callar a Juana que lloraba sin consuelo. Entré de nuevo al cuarto y le cogí simuladamente la muñeca—: ¿Cómo te sientes? —Bien, mucho calor... —Perdigona, que había notado la fiebre, me insinuó no sé qué al oído.

—Es inútil —le contesté del mismo modo. María Angélica abrió los ojos e intentó una sonrisa al verme. Me incliné a ella y la besé largamente con un beso en que iba toda mi alma, mientras dos lágrimas que no pude contener cayeron sobre sus mejillas. Tal vez esto, más que nada, le reveló su próximo fin, y pidiéndome que me inclinara más me tuvo un rato entre sus brazos. Yo la cubrí de besos y hasta aparenté alegría—: ¿Ves?, ya tienes más fuerzas. Mañana, estoy seguro, no querrás estar en cama. —Y callé porque no me respondía, e iba a llorar de nuevo.

—Tan pronto —murmuró—, tan pronto que ha pasado el tempo... las primeras tardes... salíamos. Juana quería oír lo que hablábamos... —Yo lloraba de nuevo, recostada más aún la cabeza para que no me sintiera. Estela entró en aquel momento y María Angélica la llamó a su lado.

—¡Pobre Estela! —Y sonrió—: ¡Qué crecida estás! —Luego se volvió a mí, tristemente—: ¡Cómo se me parece! Me levanté de pronto, como si me hubieran sacudido el corazón con dos manos, y aparté a Estela, porque le fatigaba hablar. A las diez la operaron. A las doce, cuando retiraba el termómetro, Estela cruzó de puntillas el cuarto y me preguntó la temperatura.

—Igual —le contesté con la garganta seca guardando el termómetro—. Pronto —dije a Perdigona, llamándola afuera—, el médico, enseguida. —Perdigona se quedó atónita—. ¡Pronto! —grité empujándola—. ¡María Angélica se muere!

FLOR DE IMPERIO

Antonio Fatal se casó en 1881, y de su matrimonio tuvo dos hijos: Divina (el nombre de la madre) y Rubén, la primera de los cuales murió en temprana edad, arrebatada por el río. Rubén lloró largamente la desaparición de su hermana. ¿Quién le acompañaría a buscar las primeras flores de primavera, para las que era tan fresca la cabeza de Divina? ¿Quién como ella, se acordaría de encerrar con el mal tiempo a los pequeños pavorreales que no podían soportar la lluvia? ¿Quién se sentaría a su frente en la mesa, y dónde estaba, ¡ay!, la voz que contaría de igual modo que él las cosas que habían visto juntos? Muy largo fue ese año para Rubén. El dolor le había cogido sin precedente alguno, a no ser el causado por la muerte de una prima suya que no conocía y cuyo desventurado fin, sin embargo, le hizo llorar algunas noches. Pero ahora era la mitad de su existencia lo que le faltaba. ¿Abandonarse al dolor? Rubén se abandonó, no obstante, como una criatura, y el esfuerzo de sus padres para arrancarle a esa pasión dolorosa fue tan infructuoso como el que ellos mismos se impusieron para su propio consuelo. Mas el tiempo, el sagrado tiempo de las esperanzas nevó suavemente sobre aquellos corazones lacerados, y al crudo dolor del primer año sucedió ese lánguido afán de ponernos tristes, que es la dulzura posible de ciertas desolaciones.

Calmose. Pero su sensibilidad ya crecida se desordenó con el recio choque, y los retrocesos melancólicos, las nostalgias de cosas perdidas supuestas bien dichosas, las congojas sin saber por qué —más ímprobas que el trabajo infructuoso— fueron no escasas en su trémula existencia. Continuó viviendo débilmente, irresoluto de mañana, de tarde y de noche, abriendo su corazón a todas las agonías de las cosas que en su gran pecho de trastornado narraban vidas esenciales.

Solía pasear de tarde, solo. Los crepúsculos de ese año fueron más esplendentes que los del verano anterior. El horizonte tuvo nuevos tonos, nobles granates y azules ultramarinos de las remotas islas oceánicas. Rubén, de pie en la vasta llanura, miraba largamente esos incomparables esfuerzos de luz. Un día se echó a llorar. Y así todas estas potencias de vida le amilanaban como ojos demasiado insistentes, reaccionando en lágrimas, lentas caídas de brazos, con su sencillo traje negro.

Hermoso y gentil como era, sus rasgos se afinaron. El bozo que comenzaba a aparecer se detuvo en ligera sombra. Permaneció blanco, delicado, fraternal, como si el hombre que en él había hubiera fracasado de golpe a la muerte de Divina. Sus manos pálidas olían a éter.

En su cuarto tenía, frente a la cama, un retrato de Divina. Todas las noches, ya acostado, quedaba una hora en contemplación de la nunca bien llorada hermana y amiga. Y tanto su alma se llenaba de mujer, que al fin lloraba —sacudiendo locamente la cabeza—, lloraba por ella, lloraba por todos, lloraba por él.

Halló una muñeca de Divina, y con ella en los brazos pasó largos días en su cuarto, perdidos los ojos en el retrato adorado.

Sus formas se llenaban: cobró disgusto a los hombres. Fue su alegría mayor en esa época el advenimiento a casa de una amiga en mucho tiempo no vista, con quien jugó de pequeño en el cuarto derruido de una grande y vieja casa al sol, que ya apenas recordaba. Dispuso mil coqueterías. Cuando Luisa llegó, enjugose presto los ojos y se abrazaron para siempre. Desde entonces fue su vida más tranquila y su pasión más llevadera. Juntos, en las noches de aquel febrero meridional, pasearon despacio sollozando no bien definidos dolores. Con las manos alzadas al cielo, pedían calma para los corazones lacerados, y paz, mucha paz en el recuerdo de Divina. Los naranjos oscuros susurraban trémulas esperanzas; el suave rocío arrastraba sus lágrimas y los transidos amigos —las manos juntas— cruzaban a pasos tranquilos los campos llenos de luna.

Una noche, más poética que todas, Rubén cayó de rodillas ante Luisa, y el resto de mujer que en él había disolviose en llanto sobre las queridas manos consoladoras. Pasearon en adelante cogidos de la cintura, como prometidos que eran de verdad. Pero en él las auras femeninas habían dominado mucho tiempo para dejar paso firme al hombre; el varón, apenas renacido, se dejaba ir a ensueños de idilios truncados, pañuelos desgarrados en los dientes, dichas mortuorias de inconsolables Julietas. Todo su amor de hombre naufragaba en el deseo de ser llorado como una no manchada novia. Recrudecían sus ternuras con Luisa; sonrosado, flexible, reclinábase sobre el pecho de ella, cerrando los ojos, sonreía a su amor, al cielo, a las cosas, a todo lo que lloraría su irreparable desaparición.

Y una noche llenó de flores su cuarto, quemó blancas alhucemas y se tendió en la cama. Sonrió largamente a su retrato. Lo abandonó para tomar a pequeños sorbos una copa de agua helada. Se cubrió hasta el mentón con la sábana, agotó en sus labios un ancho frasco de morfina, cruzó sus brazos bajo la cabeza, y el suave y sonrosado doncel, flor decadente del idilio, fijó los ojos en el techo, sonriendo.

LA MUERTE DEL CANARIO

Rubia, un poco delgada —no mucho—, las mejillas arrebatadas en un rojo vivo de camelia, la alegría de Blanca era el encanto de la casa. Sus carcajadas, que habían conservado de la niñez ese ligero timbre de cristal que tiene la voz de las muñecas, eran siempre inopinadas; la madre hacía severas señas y el padre perdonaba sonriendo.

Quince años. De niña había sido enferma. Solo Dios sabe lo que habían sufrido los padres, los pobres padres que velaron cuarenta noches seguidas, con los ojos rojizos. Una enfermedad caprichosa para la cual el mismo médico era torpe en su diagnóstico.

Y así transcurrieron los cuarenta días de martirio, con inefables esperanzas a veces, agravamientos súbitos en otras horas, como aquellos del infausto 12 de setiembre, cuando Blanca hubo de morir. Pero salvó, y ya crecida no se presentaron las perturbaciones que temía el médico.

Es así como Blanca llenaba toda la casa con su voz poderosa de señorita plena de salud.

Ahora bien, Blanca tenía novio. ¡Oh, no hay que enorgullecerse de haberlo adivinado! ¿Por qué, si no, aquellas risas súbitas que la echaban en brazos de su mamá, besándola cinco minutos seguidos? ¿Y aquellas tristezas que sus padres no veían, pero que eran bien ciertas, puesto que ella misma me las contó?

Pero no hay que pensar en el nombre del afortunado doncel; diré solamente que era alegre, muy alegre, vistoso como el manto de los príncipes, y pequeño, tan pequeño que todo el mundo hubiera reído conociéndolo. Era... era... diré de una vez: era un pájaro, sí, mis señores, un canario, un canario de lo más impertinente que se puede dar.

Figuraos que enamoraba a Blanca cantando, y cantaba aturdidamente, y la miraba, y se colocaba de perfil, e hinchaba la garganta, y piaba dulcemente, todo como un gran seductor, el lindo vanidoso.

¡Ay! Blanca se enamoró de él. ¡Pobre primo Felipe que tenía que perder toda esperanza! No reneguéis sin embargo de Blanca, porque la niña bien inocente era. ¿Cómo es posible vivir con el corazón tranquilo cuando oímos que una persona canta para halagarnos? Sí, persona, porque nadie hubiera podido convencer a Blanca, a pesar de sus quince años, de que los canarios no fueran personas. Además, ella sabía que en el teatro los tenores cantan siempre para las señoritas, y los tenores son tan bellos que hacen ciertamente llorar cuando mueren; ¡y tan enamorados!...

Así pues, como el canario era tenor y la niña lo oía siempre, un amor sin límites los cobijó en un íntimo secreto. El canario guardaba para Blanca sus más puros trinos; la niña guardaba para el canario la más fresca hoja de lechuga.

El tenorcito se desvelaba a veces esperando que las visitas se fueran para saludarla a solas; entonces batía las alas, se alzaba en sus patitas, inclinaba airosamente la cabeza y cantaba. ¡Oh!, el pícaro seductor, ¡qué bien conocía a la niña! Ella, en efecto, transportada de amor, apoyaba los labios en la jaula; y la hermosa boca y el piquito rosado se juntaban, se suspendían en el tiempo, deliciosamente. Luego se apartaban, y el canario quedaba largo rato trémulo, latiendo apresurado su corazoncito.

En verdad, en verdad es preciso decirlo: era demasiada ternura para una avecilla. El amor de Blanca le abrasaba, sus lindos ojos eran asaz pequeños para desahogar su emoción llorando. Cantaba tristemente para advertir a Blanca cómo la alegría de sus amores le era fatal; y la niña, oyéndose llamar, acudía de nuevo, y el pobre piquito rosado se abismaba otra vez en la ardorosa boca de su amor, ¡pobre pequeño enamorado!

Así fue como un día murió, abatido de muchos días atrás, el novio de Blanca. Relatar el desconsuelo de esta es imposible. Ni caricias, ni promesas de viaje, nada pudo distraerla de su dolor.

—Vamos, mi hija —concluía por decirle gravemente su madre—, sé un poco más sensata, que ya no eres una criatura.

Blanca, redoblando el llanto, callaba. ¿Cómo era posible decir a mamá, por más buena que fuera, que había perdido a su amor, el orgulloso cuanto desventurado tenorcito?

Ciertamente, la madre debía cansarse. Aunque la desesperación había pasado, Blanca quedó sumergida en una honda tristeza. En su cuarto, frente a la jaula, ¡ay!, vacía, donde vivió todo lo que en este mundo fue su amor, dejaba pasar las horas con la vista perdida quién sabe en qué ensueños de mejor dicha, el cuello envuelto en negra cinta de luto, cinta de raso negro que llevaba en la garganta, por la memoria de la más dulce, llena y conmovedora voz que en este mundo hizo latir el corazón de una apasionada doncella.

Blanca no era ya la misma. Dulce, sí, condescendiente, también, pero ni un beso, al levantarse, para mamá.

—¿Qué hacer, amigo mío? —preguntó un día la señora al padre.

—No sé —replicó este—. La chiquilla es terca, y cuanto más nos empeñemos en distraerla, más se abstendrá de complacernos. En último caso, llama a Felipe. Los chicos son hábiles, y probablemente hará entrar en razón a Blanca.

—¿Crees?... —sonrió la madre.

—Nada cuesta probar —concluyó el padre encogiéndose de hombros. ¡Ah, Felipe, Felipe! Yo le compadezco de veras. Tendrá Ud. que consolar, no a su señorita prima, sino a una niña que ha perdido a su canarito. ¿Triunfará Ud. Felipe?

El primo, pues, fue llamado. ¡Pobre Blanca! La halló sentada en su cuarto, muy pálida.

La tomó dulcemente de las manos:

—Prima, primita mía, ¿no me quieres más? Soy yo, Felipe, que vengo a llorar contigo y a rogarte no hagas sufrir más a mamá.

—¡Qué hábil es Ud., señor Felipe!

—Gracias, querido primo, seré buena. Pero —dijo apretándole las manos y echándose a llorar sobre ellas— ¡si supieras cuánta pena tengo! ¡Tan lindo, tan lindo, tan lindo!...

—¿Luego es verdad lo que me dijo tu mamá del canarito?

—¿Qué?

—Que temía mucho estuvieras enamorada de él. —Blanca bajó los ojos.

—Ve, prima mía —añadió Felipe mirándola largo rato y besándole las manos—, yo te quiero entrañablemente, y sabes que por evitarte un malestar haría no sé qué sacrificio. Tú eres buena, cariñosa, tienes un corazoncito de oro, pero estás causando una gran pena a mamá con ese modo de ser. ¿Que querías mucho a tu canarito? ¡Si a mí me pasaría lo mismo, sentiría de igual modo la pérdida de tan lindo animalito! Mas de eso a llorar desconsoladamente varios días hay un mundo de diferencia. Y no es posible que por un amor de muñeca, como el tuyo, te vuelvas huraña con mamá, y hasta te hayas olvidado ayer de besarla al acostarte, como ella misma me lo ha dicho. ¿Tienes algún otro motivo de pesar? ¿Te han hecho sufrir de algún modo? Contéstame francamente, querida mía, o si no a mi vez me enfadaré yo.

Blanca oía atentamente, ocultando sus ojos bajo el pañuelo, aunque en verdad no tenía más lágrimas. La voz de su primo le entraba dulcemente en el corazón, como una voz querida, voz querida...

Felipe proseguía:

—Te veo llorar y no sabes qué pena siento al ver que mis consuelos son infructuosos. ¿No tienes deseos de ir a Montevideo? Pues le diré a papá que te lleve, e iré yo también, si tú quieres. ¿Deseas ir al teatro? Pues iré corriendo a buscar un palco, y verás, verás tontuela cómo te diviertes oyendo a los tenores...

Blanca escuchaba. Sus ojos, debajo del pañuelo, estaban abiertos, porque así creía oír mejor. Muy dulce, muy dulce era la voz de Felipe. Le prometía ir a Montevideo, al teatro, a muchos paseos... Era como un canto en que su corazón se diluía, un canto, sí. Y Blanca se asombró de pronto, quedó embargada como el pobre tenorcito que no podía resistir sus besos...

El canario cantaba aún en su corazón, pero débilmente.

—Prima, prima querida —avanzaba Felipe, estrechándola con dulzura—. Mamá está enfadada y tienes que darle muchos besos para que te perdone. Papá sufre también porque ya no le sirves el té, y piensa, con razón, que las niñas malas son la tristeza de sus padres... ¿Sí? No llores más, y hablaremos de tu canarito que era tan lindo. No llores que yo cantaré como él, verás.

Y el cauto doncel, levantándose sobre la punta de los pies, agitó los brazos, irguió la cabeza y exclamó con un falsete finísimo:

—¡Blanca, Blanca, ven a besarme! —Enseguida—: ¿No era esto lo que pedía tu canarito?

Lentamente, con miedo, fue levantando la cabecita mala. El pañuelo se deslizó, sus ojos muy abiertos vieron a Felipe, y echándose hacia atrás soltó la carcajada más alegre y divina que pueden oír los primos a solas con las primas.

—¿Ves? —rompió Felipe triunfante—, ¿ves qué bien canto yo?, ¿como el canarito, verdad? Veamos ahora si late tu corazón al recordarlo. ¡Señor Felipe!...

Y estrechándola, oprimió tiernamente su pecho. Blanca le dejaba hacer, los ojos aún brillantes por las últimas lágrimas.

¡Ay, el corazoncito latía muy aprisa!

—¿Verdad? —murmuró el doncel inclinándose sobre ella—, ¿late por él?

Blanca, esquivando la cabeza, la depuso en su hombro.

—¿Verdad? —insistió Felipe—, ¿lo recuerdas aún? —Su rostro expresaba hondo desconsuelo.

Blanca se rio, y esta vez echándole los brazos al cuello y acogiéndose a su boca:

—No canta más.

IDILIO

Samuel era un muchacho a quien sus múltiples conquistas habían dado un nombre en las lides de amor. No tenía oficio: a veces hacía el lisiado, el ciego, cualquier cosa que excitara compasión. Sus triunfos amorosos estaban en relación con su vida; muchachas abandonadas, vendedoras de diarios, exsirvientas caídas como un trapo en medio de la calle. De cualquier modo eran triunfos. Y en las tardes de los arrabales, en las noches bajo un cobertizo cualquiera, ponían ellos tanto amor como una pareja bien alimentada y bien dormida.

Su último triunfo fue Lía. Se unieron en una hermosa mañana de primavera, tibia y olorosa. El pedía limosna con los ojos en blanco. Ella que pasaba con sus diarios, conociéndole, le ofreció riendo un ejemplar. El rio a su vez y la abrazó en plena calle, como un conquistador. Tal fue la resistencia de Lía que para rechazarle, hubo de dejar caer los diarios. Mas en pos de breve fatiga, ya estaban unidos ante la santa ara del amor callejero y fácil.

Su seducción asombraba.

—¿Qué haces tú —le preguntaban— para conseguirlas sin más ni más?

—Abrazarlas en la calle —respondía encogiéndose de hombros.

Pobres muchachos que veían caer las frutas, y meditaban en la manera de cogerlas si aún pendieran de los árboles.

Lía desde entonces vivió con Samuel y Samuel fue el hombre de Lía. Se amaban lo suficiente para ayudarse en sus mutuas especulaciones y dormir juntos de noche; eso les bastaba. Él era celoso a ratos y la mortificaba con bajas alusiones. Llegaba hasta pegarle estrujándola sin piedad entre sus brazos de hombre. Pero Lía, a pesar de todo, sentía extraño amor por aquel flaco amante, y entrecerraba los párpados, como a un suave rocío, a esas lágrimas de dolor.

Tan buena era Lía y tan jóvenes los amantes que poco a poco llegaron a unirse más íntimamente, acortando los días y prolongando las noches. En los nuevos barrios que el reciente recorrido de un tranvía ha valorizado al exceso, existía una casa en construcción de que ellos habían hecho tutelar morada, apta para guardar sus míseros pingajos y ocultar el cielo estrellado a sus noches de amor. En la tal casa estaban abandonados los trabajos. Bajo aquel recinto, húmedo y oscuro aún en el día, desolado por el viento que entraba por todas partes, Samuel y Lía se amaron, él siempre un poco altanero, como orgulloso varón que solo condesciende; ella, en cambio, deseándole y entregándose con toda su alma.

Solían, en las tardes de verano, ir a bañarse juntos. Lía resistíase siempre a desnudarse delante de él, asida a su reciente pudor de enamorada como a una mísera tabla de naufragio. Pero su amante la desnudaba él mismo, le arrojaba arena en los cabellos. Y cuando ella se internaba en el mar, hundiendo su desnudez, Samuel la rechazaba a la orilla, la hacía ver de todos, lleno de desdén del momento para aquella carne que era suya. Gritaba y repetía:

—No he visto piernas más flacas que las tuyas.

O si no la sujetaba bajo el agua largo rato, y cuando la cabeza emergía, azorada y descolorida se lanzaba a nado, voluptuosamente:

—Así aprenderás a nadar, y completarás lo poco que te falta para ser hombre.

¿Hombre, Lía?... Pero el amor a Samuel la dominaba por completo, subía de su alma en doloroso perdón, encendía sus ojos, rodaba por sus mejillas salvajes en gruesas lágrimas regeneradoras.

Pasó el verano, y a la llegada del invierno más grande era el amor de Lía y más orgullosas las concesiones de Samuel. No la martirizaba ya con sus celos, erguido sobre aquel pingajo de amor que se le ofrecía, como un más digno avasallador.

Lía moría por él, entretanto. A veces le esperaba de noche, una, dos, tres horas. Sus pobres ojos de abandonada no se apartaban de la esquina por donde él debía aparecer. El gran viento le azulaba las manos. Estaba calada por la lluvia. Y cuando él llegaba por fin sin una palabra, ella, sobre el viejo saco que les servía de almohada, lloraba desconsoladamente.

En otras ocasiones Lía sufría más. Eran entonces accesos brutales, súbitas exasperaciones que no tenían por causa sino su vida en común: lacerada, abofeteada, crujía entre sus brazos como una vieja corteza. Y el final de estas crisis eran a veces reacciones de ternura, compasión de macho excesivamente fuerte que le hacía cogerla de nuevo entre sus brazos, ahora sensibles al amor, para concluir, por un resto de aristocrático desdén hacia aquella carne demasiado golpeada, arrojándola a un rincón como a un cigarro que solo sirve ya para ensuciar la boca.

A fines de setiembre Samuel quedó ciego: una explosión de acetileno abrasó sus ojos, apagando para siempre la mirada del brioso doncel. Lía le quedaba, no obstante; la pobre muchacha fue desde entonces su inseparable compañera, cuidándole como a un perro o a un imbécil que no quiere caminar. Salían juntos aún, pero las dificultades eran muchas a través de la calle. Si Lía le dejaba solo un momento contra una pared, volvía enseguida a su lado, sacudiendo la cabeza ante aquella doliente inutilidad.

Dos meses pasados así cansaron un poco a Lía, y su amor fue naturalmente entibiándose. Le hablaba cada vez menos, abandonándolo ahora por largas horas. Samuel, entretanto, vivía arrastrado por la miseria de sus ojos, revolvíase por los rincones, entre los ladrillos y las abandonadas herramientas, llevaba a cuestas su vida estéril, como un peso muerto, pasaba las horas haciendo argamasas, entreteniéndose con las ebulliciones de la cal viva.

La muchacha se cansaba cada día más. Una noche no volvió. El ciego pasó despierto hasta el día, lleno de doloroso estupor.

—Te esperé toda la noche —dijo él luego.

—Sí, no vine —replicó Lía.

Samuel se calló. Habíase refugiado en su impotencia, arrancando hurañamente a esa vergüenza su miseria y su orgullo.

Ahora eran días enteros los que Lía pasaba afuera. No hablaba más con él: tornábase díscola.

En una de esas tardes llegaron a los oídos de Samuel las carcajadas de Lía y sus antiguos amigos. Pasaron delante de la casa y se perdieron entre risas. El ciego apretó los puños: todo su ser aullaba como un lobezno a quien han quitado su ración.

Lía no se entregaba ya —hacía tiempo— y Samuel resistíase aun a afrontar ese último destrozo. Pero una noche el deseo fue más poderoso que todo.

—¡Bah!, déjame en paz. No parece sino que siempre habría de estar a disposición tuya.

Samuel se rindió, Lía se vio libre de él, y así continuaron viviendo.

EL 2° Y 8° NÚMERO

Se trata de dos vidas sin interés, y la historia es sencilla, aunque el cambio de caracteres pueda sugerir fuertes ideas de complicación. Él era en resumidas cuentas un artista de circo, sin porvenir, y ella no tenía familia alguna.

Fueron acróbatas, una pareja. La propiedad pide que de ella se trate al principio, por ser su importancia muy superior a la de su compañero. En efecto, la mujer tenía en este dúo el papel del músculo, y el varón el de la astucia. Hacían ejercicios formidables, como ser: el péndulo invertido, parado de manos, el sujeto hace oscilar su cuerpo por la sola fuerza de los puños; el nivel fijo, que consiste en cogerse de una barra por las manos, y extender el cuerpo horizontal, lo que es prodigioso; la gravitación vencida: echado de espaldas, el atleta afirma los pies en el suelo y levanta el cuerpo en extensión.

Inútil es decir que solo la mujer llevaba a cabo estas proezas. Él, aunque fuerte, no podía. Pero en los ejercicios comunes era asombroso, suspendíase rígido con los dientes de su brazo extendido, como un pescado brutal; giraba como una honda, cogido a los cabellos de la atleta que le impulsaba con violentas rotaciones de cabeza; caía de lo alto sobre el vientre tendido de la mujer, que le repelía como una baja red de acero; finalizaba con un salto mortal desde la cabeza: su compañera tendía el busto adelante, y caía de golpe sobre sus senos. Vestíanse de malla roja, y esta pareja llenaba el 2° número del programa en el circo donde les conocí.

Bobina era rubia, y por buena casi tonta. Sus ojos azules vertían una luz grande e inocente. Doblábase al rudo entrenamiento porque él así lo quería. ¿Le agradaba el ejercicio? Sí, sin duda.

A veces le dolían un poco los senos. Se dejaba pegar, ella que podía estrangularle con un solo dedo: no sabía más. Llenábala de orgullo la habilidad de Clito; cuando se retiraban de la pista bajo una lluvia de aplausos, seguía detrás de él, femenina, admirándole con honda ternura.

Clito era ya no joven y tenía el pelo entrecano. En estas ocasiones, a veces, se volvía contrariado:

—Estuviste estúpida, hoy. ¿Por qué no quedas más firme cuando salto?

Bobina le miraba con temeroso asombro. Bajaba los ojos jugando con los dedos:

—No sé... yo hice bien...

—Y luego el pelo... Sacude más la cabeza. Parece que te doliera, el pelo.

—No... no me duele...

Luego era común objeto de risa para la compañía. Dirigíanle preguntas terribles que la hacían casi llorar.

Clito —borracho— contaba de ella obscenidades sin nombre. Bobina, al otro lado de la carpa, lloraba en silencio. Era tan grande, que su llanto de amor causaba risa.

Algunos días Clito se mostraba casi afable. Bobina entreveía entonces un cielo lejano de apacible amor lleno de cordura, y soñaba toda esa tarde. Se ponía a su paso, le hablaba a cada momento, provocando la paz con sus ojos de amor, hasta que Clito rompía groseramente esa insistencia.

Una noche Bobina sufrió más. Clito la sintió quejarse y la interrogó:

—¿Qué tienes, Bobina?

—Nada... hice un movimiento.

Y se calló, con los ojos abiertos a una dulce esperanza. Nunca la nombraba así... Quedaron en silencio. Al rato Clito agregó:

—Creí que te quejabas...

—No —murmuró Bobina, ya a punto de llorar. Y de pronto todo su cándido y lastimado amor le subió a la boca imprudentemente. Sollozó:

—¡Si me quisieras!...

Se calló, arrepentida ya. Clito se dio vuelta, con rabia:

—¡Estúpida! La culpa la tengo yo...

Las bromas aumentaban a tal punto que los mismos peones se reían de ella. Comenzaba a ver a menudo a Clito y Luisa, la mayor de las cinco hermanas ciclistas. Se perdían en el circo oscuro de tarde.

—¡Eh, Bobina! —le gritaba Luisa—, ¿es cierto lo que dice Clito? —Este, dado vuelta de espalda, contenía la risa.

Bobina, seguía su camino. Se echaban a reír a carcajadas.

—¡Pobre animal! —le dijeron un día—, ¡si es a Luisa que Clito quiere ahora! Todos los saben.

Bobina pasaba distraída, evitando verlos. Pero los amantes vivían tan descaradamente su unión, que una tarde Bobina al entrar en su cuarto encontró a Luisa en las rodillas de aquel. Se levantaron afectando no verla. Se despidieron bien alto:

—¿Esta noche?

—Esta noche. —Adentro, una puerta se cerró violentamente.

—Sí —gritó entonces Clito saliendo ya fuera de la puerta—, ¡esta noche y mañana y pasado y traspasado!

Entró paseándose con las manos en los bolsillos, silbando a toda fuerza. Bobina caminaba de un lado a otro en la pieza contigua. Al fin se rebeló, parándose ansiosa en la puerta, casi sin poder hablar:

—Al menos... no aquí...

Clito se volvió rápidamente y echó su cara sobre la de ella:

—¿Y a ti qué te importa?

Bobina hacía fuerzas para respirar, mirándole.

—Di, ¿qué te importa?

Continuaba callada, pálida. Trató de retirarse, pero él la obligó de nuevo contra la pared:

—No, no quiero. ¡Di qué te importa, di qué te importa!

Pero alguien la consolaba a menudo:

—¿Por qué te dejas hacer todo eso? ¿Lo quieres mucho? Eres bien animal. Y luego un bruto que no merece que lo quieras; de veras un verdadero bruto.

Era un muchachón pálido. Llenaba el 8° número del programa con pesas enormes, como atleta que era. La trataba con alegre amistad, abrazándola en broma cuando estaban solos. Bobina le miraba pensativa: su corazón maltratado establecía dolorosas comparaciones.

Por diversas causas, Clito y Bonenfant no se querían: cambiaban de vez en cuando frases de grosera impertinencia, agravadas en los últimos tiempos por los dúos amicales de aquellos. Clito se ensañaba ferozmente ahora, recontando a diario aquellas infamias que atribuía a su amante. Trataba de que Bonenfant le oyera, mirándolo de reojo en los detalles crudos. El muchacho fingía no darse cuenta.

—Mira —dijo este un día a Bobina—, yo no te quiero pero me das lástima. ¿Sabes lo que dice? Bueno, que no me fastidie.

Una semana después, Clito, que hablaba con Bobina, esperó que pasara Bonenfant y le dio una bofetada:

—¡Así!, ahora pide consejos. —El muchacho continuó su camino silbando al aire.

Esa noche Clito contaba el caso de la tarde, cuando entró Bonenfant.

—Este idiota —concluyó señalándole por encima del hombro— pasaba por allí.

Bonenfant sonrió mordisqueando las uñas.

—Sí —reforzó Clito exasperado—, idiota y cobarde.

El muchacho, pálido, lo miró despacio:

—Eres un canalla sucio, nada más.

Clito saltó sobre él, rugiendo:

—¡Te voy a despedazar!

—¿Quién? ¿Tú? Yo te rompo la cabeza enseguida.

Soportó el choque, le cogió de la nuca y el pantalón y lo arrojó como a una silla, a destrozarse.

Fue enseguida al encuentro de Bobina, le contó todo:

—¡En fin!... Gritaba tanto que me dolían los oídos. Ya estaba cansado y quiso hacer una estupidez. ¿Por qué gritar así?... Creo que se ha roto un hombro.

Bobina se dejó caer en una silla, toda su vida humillada, llorando. Bonenfant, compadecido, se sentó a su lado, le levantó la cabeza a la fuerza, consolándola. Bobina, fluida de lágrimas y desamparo de corazón, le echó entonces los brazos al cuello, vertiendo en sus hombros todas las lágrimas de reconocimiento y agradecido amor:

—¡Cuánto te quiero!, ¡cuánto te quiero!

El muchacho, sorprendido, no supo qué decir. No esperaba ese amor que le ceñía el cuello sollozando. ¡Si no la quería! Al rato se encogió de hombros y la consoló:

—Bueno, Bobina... sí, yo también te quiero...

Al cabo de un mes Bobina era completamente feliz con su corazón sencillo y amoroso, no lastimado ahora. Vivía alegre, jugaba o lloraba. Pero eran lágrimas dulces que su corazón echaba afuera, de gratitud a la bella existencia, ¡cuán distinta!

Bonenfant tenía que defenderla de sus compañeros, acostumbrados con las brutales confianzas de Clito. Día a día tenía disgustos; y esto le era al muchacho tanto más doloroso, cuanto que en realidad no sentía ningún amor por Bobina.

HISTORIA DE ESTILICÓN

Esa noche llegó mi gorila. Habían sido menester cinco cartas seguidas para obtener el cumplimiento de la promesa que arranqué a mi amigo en vísperas de su gran viaje. Iba a Camarones, quería ver las grandes selvas, las llanuras amarillas, las noches estrelladas y sofocantes que brillan impávidas sobre cabezas de negros. ¿Cómo maniobró aquel perfecto loco para no dejar la vida entre una turba de traficantes, cuarenta leguas más allá de las últimas factorías? No lo sé. Mi gorila estaba allí, un divino animalito pardo de cincuenta centímetros. Se mantenía en pie, gracias sin duda a los oficios de los pasajeros que durante la travesía distrajeron sus ocios enseñando a la huraña criatura las actitudes propias de un hombre. Se había recostado contra la pared, los brazos grandemente abiertos. Chirriaba sin cesar, llevando la vista de mí a la lámpara con extraordinaria rapidez.

Dimitri, el viejo sirviente asmático que a la muerte de mi padre sacudió tristemente la cabeza cuando le anuncié que podía si quería dejar nuestra casa, le observaba con atento estupor. Él bien conocía estos monitos del Brasil que rompen nueces y son difíciles de cuidar; le eran familiares. Pero su asombro entonces era despertado por las proporciones de la bestia. Sin duda a sus ojos albinizados por las estepas lituanas de fauna extremadamente fácil, chocaba este oscuro animal complicado, en cuyos dientes creía ver aún trozos de cortezas roídas quién sabe en qué tenebrosa profundidad de selva. No obstante se acercó a mi pequeña fiera, no para acariciarla —¡oh, no!— sino para verla mejor. El animal se tiró al suelo chillando. Como me aturdía con sus gritos, advertí a Dimitri lo dejara en sosiego. Solo con él, lo observé bien.

Como he dicho, alcanzaba su altura a cincuenta centímetros, correspondientes según mis cálculos a una edad no mayor de un año, siendo de creer que le había sido arrancado muy pequeño a la madre, dado el largo tiempo que hubo de transcurrir durante su traslación a Libreville, primero, y aquí, después. Su cuello corto y grueso sostenía una cabeza lombrosiana de suma vivacidad. Sus ojos castaño claro estaban circundados de grandes ojeras sulfurosas. La boca era un enorme tajo de gubia, hacia arriba. Las muñecas faltaban, los tobillos también. Y esa solidez de figura se debilitaba en las espaldas por la aguda cordillera de vértebras dando a aquellas una angulosidad felina que rompía los planos del animal, tirado a plomo de la cabeza a los pies. Un pelo recio le cubría todo el cuerpo menos la cara. Caminaba como un pato. Era en suma un cuerpo de oscura torpeza, en que solo los dientes y los ojos brillaban con inquieta vida. Su relativa mansedumbre probaba demasiado que mi amigo habíale inculcado nociones de domesticidad, bien que las cicatrices de sus tobillos denunciaran a la legua la cadena avasalladora. De cualquier modo, el animalito resistía la humana presencia sin mayores aspavientos, y aunque indócil a las caricias, un buen látigo le tetanizaba en un rincón con chillantes furores de miedo.

Llamé a Dimitri para encerrarlo. Resistiose como un gato, mordió a Dimitri y se cogió de mi corbata con una fuerza tal que hube de dejársela entre las manos, hasta que a fuerza de puños dimos con él en la jaula, por cuyos barrotes sacó un brazo negro con mi corbata, su primer trofeo doméstico.

Tal fue la entrada de mi gorila. Los primeros días nos dio gran trabajo. No quería comer: aplastaba las frutas contra el suelo tirándose de espaldas. Tampoco quería beber: retrocedía en cuatro patas con la vista fija en la vasija, y súbito se arrojaba contra ella de un salto en igual postura. De noche lloraba, un lastimero quejido en *u* con los labios extendidos. Extrañaba, el pobre animalito. Por fin se cansó de ser terco, y los plátanos del jardín a que le llevé un día le suavizaron del todo con alegres y repetidos levantamientos de cejas. Púsele por nombre Estilicón: perdonado me sea en la hora de los reproches.

Desconfiaba de las lámparas. La luz eléctrica, en cambio, no despertaba en modo alguno su curiosidad. Atribuyo esto a la disposición colgante de las lamparillas, hecho que para él no tenía importancia alguna.

Comía perfectamente bien. Con la servilleta no solo se frotaba los labios, sino también el interior de ellos y la lengua toda larga, envolviéndola en la servilleta a modo de cucurucho. Mimoso, tirábase al suelo con su silla por cualquiera represión, llorando. No obstante, más de una vez se calló de pronto, ahogando su dolor para pasar su dedo de uno y otro lado por todos los agujeros de la esterilla. Dimitri, con una paciencia ejemplar, perdía las horas corrigiéndolo, pues al fin el silencioso viejo le tomó cariño. Un día, cansado, ordené terminantemente a Dimitri suprimiera todo postre en la mesa, aunque yo en primer término sufriría con la nueva medida. Su rebelión fue tan espantosa que me levanté tirando la servilleta, sulfurado con el incorregible malcriado. Claro es que a los cuatro días los dulces recomenzaron, con gran alboroto de Estilicón y una húmeda mirada en que me envolvió mi viejo sirviente. Era, en fin, la hija menor y mimada para quien son siempre los perritos que se regalan a la casa.

Esta debilidad de Dimitri para con nuestro pupilo había crecido rápidamente. Dormían juntos de noche, pues Estilicón así lo quería. A una cuna, que hubo de desecharse por los terribles balanceos del animal, siguió un colchón en el suelo, que a su vez sirvió de revoltoso orillo. Comprósele una cama. Dimitri prendía la vela y Estilicón la apagaba; eso estaba convenido entre ellos. Mientras Dimitri leía, el gorila esperaba muy quieto que aquel concluyera. Entonces se ponía en cuclillas, sacaba delicadamente la vela del candelero y la estrellaba contra el suelo. Jamás pudo comprender otra cosa, ni de nada servía la magistral paciencia de Dimitri. Cogerla con exquisito cuidado, eso sí; pero enseguida al suelo. Y como al fin y al cabo, eso divertía a su amigo, el pobre viejo compraba velas con su propio peculio, pues no era cosa que yo me enterara de esas indebidas condescendencias.

Al cabo de tres años Estilicón llegó a ser un brioso adolescente de puños de acero, cuyas tretas sabían de memoria los muchachos de la calle. Escribía. Durante varios días me importunó sentado enfrente mío, la cabeza entre sus manos, siguiendo atentamente mi escritura. Conociéndolo, algo maquinaba. En un momento, dejé la lapicera y me puse a mi vez con la cara entre las manos, mirándolo fijamente: permaneció impasible, los labios replegados por un tic intermitente. Hubiera concluido por fastidiarme, cuando por fin una noche —como yo comenzaba un renglón— extendió de pronto su brazo y trazó sobre el papel, con la punta de su dedo negro, la línea que había de seguir la pluma. Me miraba orgulloso. Toda la noche hizo lo mismo, con gran contento.

Desde entonces escribió. Páginas inacabables que yo tenía que leer en voz alta todas las tardes, so pena de una crisis de llanto o galopadas furiosas. Al concluir le aplaudía, dándole fuertemente la mano. Y quien sufría con todo esto era Dimitri, pues a Estilicón se le ocurrió a su vez leer en la cama su alto de páginas, cosa hecha con gran fruición, ya que concluyendo su lectura mucho después que Dimitri, tenía prendida la vela por largo rato, con lo que este no dormía.

La primavera de ese año fue precoz. Los paraísos dieron flores ya en agosto, el cielo, estable al fin, alzó en los plantíos muchas cabezas desconsoladas, y aún en casa hubo primavera, a pesar del libre acceso que a los temporales del sur dejaba una escuela en construcción —al lado nuestro— que desgraciadamente para nuestro pequeño jardín no pudo ser concluida ese invierno.

Estilicón se entregó a gritos y cóleras impetuosas. La casa no vivía con ese desordenado, desencajándolo todo con sus acrobacias tan peligrosas para él como para nosotros. El empuje primaveral le llegaba en esa forma deplorable, hasta que una noche cambió de rumbo, para gran escándalo de Dimitri.

El zaguán resonó de pronto con tales gritos que tiré la silla a un lado:

—¡Por Dios, Dimitri, qué es eso!

Los gritos se habían fijado en el patio. Dimitri acudió, pálido.

—Es Estilicón. Ha traído una...

—¿Qué?... ¿qué ha traído?...

Avancé al patio oscuro. Pues bien: en un rincón, sobre una tina volcada, Estilicón estaba sentado sujetando una criatura que se debatía arqueada atrás, con los brazos apartantes sobre el pecho del mono. Este, grave, le pasaba la mano por la cabeza, sin mirarnos. Dimitri no salía de su estupor. Yo solo tuve que tomarme el trabajo de arrancarle la criatura y enviarla a casa de sus padres (vivía muy cerca nuestro; Dimitri la había visto dos o tres veces correr por la vereda de enfrente con un traje punzó). En cuanto a Estilicón, le corregí a bofetadas. No me opuso resistencia porque demasiado me conocía: pero toda esa noche quedó irritado, chirriando con la boca llena de tierra.

Dimitri estaba indignado. Miraba de cuando en cuando al patio.

—Yo nunca hubiera creído... La habrá hallado jugando...

—Probablemente. ¿Se asustaron en la casa?

—Al principio sí. Después se reían. Cierto, raro.

—¿El qué?

—El modo de jugar.

—No jugaba.

—¿No jugaba?

—No jugaba.

—Entonces... —articuló abriendo los ojos.

—Sí, Dimitri, no jugaba. Los monos no juegan nunca con mujeres en primavera. Hoy ha sido una sorda inconsciencia. Después si...

—A su edad...

—No; ya ves esta noche.

—Pero ella es una criatura...

—Para nosotros, sí; él no lo sabe. Y hay hombres tan poco dignos... (y no concluí, creyendo innecesario —aun para Dimitri— hacer observaciones que solo en Homais se pueden dignamente permitir).

Dimitri hizo un gesto de repulsión. Él, tan casto toda la vida, a punto de haber visto...

—Y lo verás, mi viejo José, a menos de ir tú mismo a la Guinea en busca de una exacta novia con un palo en la mano.

Dimitri, rebasado, discurría problemas en voz baja.

—¿Se hallará alguna que...?

—Ah, no sé —me reí levantándome—. Probablemente. Cuentan que hay mujeres que gustan de esas manzanas dislocantes. Por mi parte, te aseguro que si yo...

¿Qué blasfemia iba a decir? ¡Pobre Dimitri! Algo comprendió, pues me reprochó con la mirada respetuosamente:

—¡Que Dios guarde al Señor! Buenas noches.

Un mes después Dimitri vino a buscarme al jardín, donde estaba por esos momentos ocupado en practicar una nueva forma de injerto que hallé —cosa rara— en las memorias de un abogado de Berlín. Días anteriores, en vista de sus incesantes asmas, habíase resuelto que se buscara alguien para reemplazarlo en ciertos trabajos. Esa mañana había hallado y trajo a casa una muchacha de dieciséis años. Aunque al principio me sorprendió algo que hubiera elegido por ayudante a una mujer, atribuí más tarde esa decisión a un curioso sentimiento de celos, pues nunca hubiera permitido que un hombre hiciera por mí lo que no podía hacer él, Dimitri. Como a Estilicón, bauticé a la muchacha. Púsele Teodora.

Teodora tenía pálido semblante. Callada, su boca y nariz eran completamente tranquilas; solo sus ojos soñaban, una mirada de infanta que no sabe lo que es ni para qué es, fija siempre en los sombríos candelabros. Teodora era una simple muchacha sin poesía; no obstante sus ojos soñaban (¿qué noble alma perdida por los sueños renacía en los ojos de la mísera descendiente?). Envolvíase toda ella en esa vaga neblina de las cosas que están a punto de suspirar. Comprendía bien. Caminaba de un modo tranquilo, y recogía las faldas cuando había agua en el patio.

Perla rara —¿dónde la encontró Dimitri?—, respondía a veces a mis sonrisas, guardando toda su seriedad impasible para Estilicón. Este buen amigo puso el grito en el cielo cuando Teodora se instaló. En el cuarto destinado a esta, guardaba él un tambor, un trozo dorado de galería, varios palitos de dientes (aunque muchas veces se empeñó, jamás pudo hacer iguales) y una rueda: era su ropa completa de vestir. La mutua antipatía fue decreciendo, en tanto que el gorila comenzaba a seguirla en cuatro patas por toda la casa. Dimitri se reía conmigo de esta maniobra natal. La muchacha concluyó por no hacer caso.

Una noche mientras aquella servía la mesa, Estilicón desapareció. Dimitri lo vio y me hizo señas: se había colocado muy despacio detrás de Teodora, y le pasó la mano por la cara, perdidos los ojos en delicia. La muchacha dio un grito, pero se calmó, y aun consintió de nuevo la excesiva caricia.

Recomenzaron las cóleras y galopadas locas del animal. Dimitri, ya en conocimiento de esa savia bravía que le rompía las arterias, vino a verme.

—Estilicón está otra vez loco.

—Cierto; Teodora tiene la culpa.

—¿Y si se atreve?

Me disgusté.

—¿Y qué quieres tú que yo haga? Me parece que no es una criatura, Teodora. Te inquieta, ¿verdad?

No me respondió y salió. ¿Qué inaudito problema de moral debía desenvolver su casta cabeza blanca? Pensé un rato en la bajeza de Estilicón y la juventud desdeñosa de Teodora. Pensé un rato más. De todos modos —concluí— Dimitri se horrorizaría de lo que estoy pensando.

Una mañana Dimitri el censor vino a mi lado.

—Estilicón...

—Sí, Estilicón, ya sé.

—Ah, no es eso. Ha mordido a Teodora. Sí, anoche.

Llamé a la muchacha.

—Me mordió en la garganta, un poco. —Y agregó con la mirada perdida—: Pero no me ha hecho daño.

Examiné la herida. Era un mordisco excesivamente trémulo. Tenía la cabeza echada atrás; le toqué la garganta con la punta del dedo y se estremeció.

—¡Pero te ha hecho daño!

—No.

Estilicón bramó todo el día. Una semana después Dimitri me dijo que Teodora estaba en cama, enferma. Fui a su cuarto. El vestido estaba tirado por el suelo, completamente arrugado, una ancha desgarradura en el hombro. Al verme entrar se tapó hasta el mentón.

—Seguramente alguna nueva hazaña de Estilicón, estoy seguro.

—Sí —respondió apenas. Tenía la boca hinchada y morada.

—¡Pero esta vez te habrá hecho daño!

Su cabeza cansada no se movió. Sin mirarme.

—No.

Puse un pie en un banco y articulé:

—¿Quieres que haga venir a Estilicón?

Cerró los ojos, muerta.

—No.

Salí, cerrando la puerta sin hacer ruido. Llamé a Estilicón: acudió con su carrera indómita. Me coloqué a su frente y dejé caer la mano sobre su hombro:

—¡Gran bestia!

Me miró de soslayo y se balanceó.

—¡Gran bestia! —lo sacudí de nuevo, tratando de levantarle hasta mí por un momento. Tan solos estábamos mirándonos en los ojos, tan fuertes eran nuestras dos estaturas de hombres, que comprendió. Volvió los ojos escondidos a la pieza cerrada, y todo su ser vibró de orgullo fraternal, hinchando el robusto pecho.

Un año siguió, aunque entre la amistad de Dimitri y el gorila se había suspendido con los brazos abiertos la resignación de Teodora. Cuando alguna vez pretendí llegar a todo eso con alusiones, no me respondió nada, mirando a lo lejos, impasible en su amor desdeñoso. No inquieté más esos ensueños tan truncadamente amorosos, ese horizonte áspero de sus ojos entrecerrados, cómo en su estrecho círculo de elección revivían las primeras mujeres, y en su cintura también, un poco hundida, tan incapaz de afrontar el formidable idilio.

La noche del 31 de diciembre nos halló reunidos en casa, sentados afuera. Como la tarde había sido pesadísima, envié a Dimitri en busca de un sillón de tela cuya falta me era ya intolerable, y me dejé caer en él, suspirando. El patio estaba blanco de luna. A través de los naranjos oscuros, sobre un claro luminoso, brillaban diminutos pedazos de vidrio. Las hojas se estremecían a ratos. Tan grande era el silencio que el lejano ladrido de un perro nos hizo volver la cabeza, prestando oído. Dimitri y Teodora, sentados en los escalones de piedra, cambiaron algunas palabras.

Durante el día yo había estado un poco intratable, lleno por esa ola de cansancio que empujan las ciudades sobre los tormentosos advenedizos que echan a veces de menos la inutilidad natal. Una situación de igual ambiente me arrojó de golpe a los días lejanos de una quinta que hasta el año pasado fue nuestra. Vi a todos mis hermanos: una con sus rimas de Bécquer, otro con su sombrero cónico de paja, otra con el grave gesto paterno. Al caer la tarde volvíamos con los bolsillos llenos de chicharras.

Cerraba los ojos, hamacándome en puntas de pie. El patio brillaba más en la noche avanzada. Dimitri y Teodora se habían callado. Estilicón, echado de espaldas en el suelo caldeado, rendido por el calor y la desesperanza del cielo lejano, miraba atentamente la luna, gimiendo en voz baja.

Fue esta la última noche de plena armonía. Teodora se iba abandonando día a día. Sus vestidos blancos estaban llenos de manchas. Perdía el pelo, arrancado poco a poco, arrastraba los pies, y apenas si salvaba aún con su expresión de sufrimiento — cuando Estilicón corría a quitarle la escoba para barrer por ella el zaguán— las tablas rotas de su naufragio. En Dimitri cobraba todo esto proporciones de duelo. Ya hacía tiempo que el cariño a Estilicón se había borrado de sus canas. Echábase el pelo atrás varias veces, cada mañana que la muchacha sacaba al patio sus ojeras dolorosas. Su corrección caía como un pedazo de hielo sobre la cabeza de Teodora, y aún creo que en ese trastorno yo desempeñaba un papel de excesiva condescendencia. El gorila, por su parte, olfateaba el rencor. Dos o tres veces, en pos de algunas breves palabras con que aquel lo corrigió, lo vi alejarse al fondo del patio, y de allí seguir todos los movimientos de Dimitri con su mirada lúgubre.

El odio de Dimitri no tenía por causa la dejadez de la muchacha y su bárbara predilección. Con mucho, hubiera vivido disgustado por esas torceduras que cargaban de problemas cada pelo blanco de su vieja inocencia. Era más bien una rabia muda y apartante, un rechazo de su larga vida transparente ante las existencias demasiado fuertes de Estilicón y Teodora. Ninguno de ellos se daba cuenta precisa de nada, el gorila haciéndose viejo, Dimitri enloqueciéndose, la muchacha perdiéndolo todo. Iban sobrecargándose uno en frente de otro; y lo que parecía normal en uno —violencia de una vida indiferente, demasiado apurada al fin— tampoco era extraño en el otro con su vieja cara criminal.

Estilicón había perdido sus infantiles gracias. Ahora era un mono que iba envejeciendo, silencioso para caminar. La bestia salía poco a poco, como un ladrón de atrás de una puerta; y cuando a veces estando solos al crepúsculo nos mirábamos —me miraba— la angustia del bosque natal pesaba sobre mí en esos silencios.

El primer presentimiento lo tuve una noche que Dimitri y el gorila fueron apresurados a buscar no recuerdo qué (por presumible temor, no dejaba que Estilicón saliera sino de noche, a altas horas). Me quedé en la puerta viéndoles alejarse. Como la noche era oscura, al momento los perdí. De repente los vi de nuevo. No sé en qué estuve pensando todo ese tiempo; pero me recorrió un escalofrío cuando noté al pasar debajo de un farol, que un poco atrás de la alta figura de Dimitri caminaba otra más baja y cargada de espaldas. ¿Por qué me olvidé de que Estilicón le acompañaba? Horas antes había estado leyendo con fuerte interés un viaje a los bosques del África Occidental. No hallo otra causa.

La atmósfera se cargaba día a día más. Era un rondar continuo por el patio, atravesándolo porque sí a todas horas. Teodora se arrastraba en silencio, abandonada del todo. No hablaba. Tenía la boca constantemente morada. Su presencia muerta era tan inevitable como Dimitri enflaquecido, como Estilicón arrastrando los brazos, tres existencias canallas que se revolvían sin querer hacia un absolutismo común: invasor en el gorila y Teodora, defensivo en Dimitri. Entre este y el otro la lucha se entablaba con el movimiento de una silla, cautelas enormes para coger un objeto, una copa frotada desesperadamente. Dimitri miraba a todos lados, desvariado; el gorila se estrujaba los pectorales.

Una mañana la cocina resonó de tal modo que acudí corriendo. Dimitri daba grandes gritos con largos ademanes hacia adelante, sin mirar a nadie. Estilicón, inyectado de sangre, avanzaba sobre él. Me abalancé al látigo tirado en un rincón y lo alcé sobre el gorila, dejó caer el labio y me miró a muerte; le crucé la cara. El animal bramó vencido. A pesar del enorme dominio que sobre él tenía en estos casos, cumplí ese esfuerzo humano con el pelo erizado.

Llamé aparte a Dimitri.

—¿Qué te pasa? ¿Por qué gritabas así?

Me miró extraviado. Su ropa estaba ahora rota y sucia como la de Teodora. Le aconsejé rudamente.

Cierto, yo podía haber concluido con todo eso, alejando a Estilicón o deshaciendo de algún modo esa compañía. Pero, aparte de que Dimitri reaccionó días después hacia una sana prudencia, mi curiosidad ardía con esa lucha, y para la tempestad del patio yo me preguntaba qué pararrayo sería más eficaz de mis tres conocidos. Fue Dimitri.

El ruido me llegó a las cuatro de la tarde. Primero una serie de chasquidos, después golpes sordos, como un pecho roto a puñetazos, después exclamaciones: ¡jup! ¡jup! Corrí, seguro de lo que estaba pasando. Vi en el fondo a Dimitri que marchaba a grandes zancadas, haciendo sonar el látigo. Llevaba la cabeza alta, mirando hacia adelante, con el pelo revuelto, ¡jup! ¡jup!, daba grandes latigazos en el aire. Estilicón, completamente loco, corría hacia él.

—¡Dimitri! ¡Dimitri! —le grité. No me oyó, alzó otra vez el látigo desafiante y el animal cayó sobre él. No hubo más. Le cargué sobre los hombros y volví. Sus dos brazos rotos pendían oscilando. El tórax desecho borbotaba a cada paso.

Pasé toda la noche velando al pobre Dimitri. Llovía. De madrugada la puerta se sacudió; en un relámpago vi del otro lado al gorila. Se había escapado de la cadena y estaba bajo la lluvia con la cara pegada a los vidrios, mirando a Dimitri con los ojos aún sanguinolentos.

Dos años después murió Teodora. Ya no hablaba. Había enflaquecido del todo; su dejadez era horrible. Salía de su cuarto a las cuatro de la tarde, muerta de fatiga, la cara amarilla y hueca. Una pulmonía fulminante la llevó en un mar de sangre.

Estilicón vive solitario en un rincón húmedo de los árboles, aislado en su rencor de viejo mono. No me busca sino de tarde en tarde, para mirarme desde el marco de una puerta con sus ojos cavilosos y enrojecidos, viene del fondo de su cueva a revivir así brutalmente su amor que le evoca mi presencia humana. El verano último, sin embargo, tuvimos unas horas de vieja amistad. Como me había torcido un pie, no podía caminar solo. Estilicón vino a colocarse al lado mío, y apoyándome en su hombro paseamos lentamente por el patio. La tarde era de una gran dulzura, y caminábamos en silencio con las cabezas bajas, en un grave y tierno compañerismo.

Ayer le sentí toser. Lo que en un niño serían dos simples impresiones, sobrecárganle como un peso inaudito: Dimitri y Teodora. Es mucho para él. Su vida tiene un exceso humano de recuerdos, y cederá cualquier día.

EL HASCHICH

En cierta ocasión de mi vida tomé una fuerte dosis de haschich que me puso a la muerte. Voy a contar lo que sentí: 1° para instrucción de los que no conocen prácticamente la droga; 2° para los apologistas de oídas del célebre narcótico.

La cuestión pasó en 1900. Diré de paso que para esa época yo había experimentado el opio —en forma de una pipa de tabaco que, a pesar de la brutal cantidad de opio (1 gramo), no me hizo efecto alguno—; habíame saturado —toda una tarde— de éter, con náuseas, cefalgia, etc.; sabía de memoria el cloroformo que durante un año me hizo dormir cuando no tenía sueño, cogiéndome este a veces tan de improviso que no tenía tiempo de tapar el frasco; así es que más de una noche dormí ocho horas boca abajo, con 100 gramos de cloroformo volcado sobre la almohada. Al principio lo respiraba para alucinarme gratamente, lo que conseguí por un tiempo; después me idiotizaba, concluyendo por no usarlo sino en insomnios; lo dejé. Y un buen día llegué al haschich, que fue lo grave.

Los orientales preparan el haschich con extracto de cáñamo y otras sustancias poco menos que desconocidas. En estas tierras es muy raro hallarle; de aquí que yo recurriera simplemente al extracto de cannabis índica, base activa de la preparación (en la India, las gallinas que comen cáñamo se tornan extravagantes).

Un decidido amigo —empleado de farmacia— me proporcionó lo que le pedía: dos píldoras del extracto graso (0,10 centigramos cada una) y un polvo inerte cualquiera. Fuime a casa con mis dos bolillas; hallé en ella a un segundo amigo, estudiante de medicina por aquel entonces. Yo vivía en un cuarto de la calle 25 de Mayo núm. 118, 22° piso, Montevideo. Subí los escalones de cuatro en cuatro: ¡por fin iba a conocer el haschich! Mi amigo —era Alberto Brignole— se dispuso a la cosa, y tomé las dos pildorillas; una copa de agua tras ellas me pareció bien. Era la 1 1/2 p. m. Brignole leía en cualquier parte; yo hice lo mismo, aunque farsantemente, atento a la mínima sensación reveladora. Pasó una hora: nada. Pasó otra hora: absolutamente nada. Me levanté contrariado, parecíame una ridiculez eso del haschich.

—¿Nada? —me preguntó Brignole levantando los ojos del libro.

—Nada —le respondí. Y como estaba dispuesto a saber lo que de cierto había en la pasta verde, bajé y subí de nuevo a la farmacia. Hice preparar dos nuevas bolillas de 0,50 gramos cada una. El sensato amigo me recomendó suma discreción, arrancándome la promesa de no tomar sino una: la otra, otro día. Pero como yo estaba más que dudoso de su eficacia, lo primero que hice en llegando al cuarto fue tomar las dos píldoras de golpe. 1 gramo que, agregado a los 0,20 de la hora anterior, hacía en total 1,20 de haschich en forma de extracto graso de cáñamo índico.

Comencé a tocar la guitarra contra la mesa, esperando. Eran las 3 p. m. A las 3 1/2 sentí los primeros efectos.

He reconstruido mis recuerdos —muy precisos por otra parte— con las notas que Brignole tomó a las 4 1/4 a. m., cuando estuve fuera de peligro. Ambos coincidimos en todo; él recuerda perfectamente lo que le dije en las trece horas de haschich, pues una de las características del cannabis es conservar la inteligencia íntegra aún en los mayores desaciertos.

Hacía media hora que jugaba con la guitarra, cuando comencé a sentir un vago entorpecimiento general, apenas sensible.

—Ya empieza —dije sin levantar la cabeza, temeroso de perder esa prometedora sensación. Pasaron cinco minutos. Y recuerdo que estaba ejecutando un acompañamiento en mi y fa, cuando de pronto y de golpe los dedos de la mano izquierda se abalanzaron hacia mis ojos, convertidos en dos monstruosas arañas verdes. Eran de una forma fatal, mitad arañas, mitad víboras, qué sé yo; pero terribles. Di un salto ante el ataque y me volví vivamente hacia Brignole, lleno de terror. Fui a hablarle, y su cara se transformó instantáneamente en un monstruo que saltó sobre mí: no una sustitución, sino los rasgos de la cara desvirtuados, la boca agrandada, la cara ensanchada, los ojos así, la nariz así, una desmesuración atroz. Todas las transformaciones —mejor: todos los animales— tenían un carácter híbrido, rasgos de este y de aquel, desfigurados y absolutamente desconocidos. Todos tenían esa facultad abalanzante, y aseguro que es de lo más terrible.

Me puse de pie: el corazón latía tumultuosamente, con disparadas súbitas; abrí los brazos, con una angustia de vuelo, una sensación calurosa de dejar la tierra; giraba la cabeza de un lado a otro. No veía más monstruos. En cambio, tenía necesidad de mirar detenidamente todo, una atención sufridora que se fijaba en cada objeto por diez o veinte segundos, sin poder apartar la vista. Al arrancarme de esas fijezas, disfrutaba como de un profundo ensueño, con difusas ideas de viajes remotos. Gradualmente así, llegué a una completa calma. Eran las 4 p. m. Toda sensación desapareció. Pero a las 4 1/4 comencé a reírme, largas risas sofocadas, sin objeto alguno. Eran más bien fastidiosas por el sin motivo. A las 4 1/2, normalidad absoluta. Y creía ya todo pasado, cuando a las 5 sentí un súbito malestar con angustia. El corazón saltó de nuevo, desordenadamente. Sentí un frío desolado, y entonces fue lo más terrible de todo: una sensación exacta de que me moría. La cabeza cayó. Al rato volví en mí, quise hablar, y de nuevo el colapso de muerte: la vida se me iba en hondos efluvios. Reaccioné otra vez; la fijeza atroz de las cosas me dominaba de nuevo. Quería moverme y no podía; no por imposibilidad motora, sino por falta de la voluntad: no podía querer. Y aunque el yo se me escapaba a cada momento, logré detenerme un instante en esto: la dosis máxima de extracto graso de haschich es 5 gramos; de extracto alcohólico, 0,50 gramos. Ahora bien: recordé haber leído en el tarro de la farmacia; *extrait alcoolique...* Yo había tomado 1,20 gramos, lo suficiente para matar a dos individuos.

Brignole, entre tanto, había salido.

Quedé solo en el cuarto. ¡Qué veinte minutos! Salí al balcón, tambaleándome, desesperado de morir. Al fin no pude más y me senté en la cama, echado contra la pared, cerré los ojos, creyendo no abrirlos más. La dueña de la casa entró con una taza de café, por indicación de mi amigo. Recuerdo que pasó un largo minuto antes de darme cuenta de que la taza era para mí. Otro minuto perdí en poder querer coger la taza, ante la inquietud de la servidora asustada. El café estaba hirviendo; me abrasó la garganta.

Brignole subió; tomé medio frasco de tanino. Y al ardor intolerable que el veneno me causaba en el estómago y en la garganta reseca, se añadió el del café y tanino...

Todo mi cuerpo pulsaba dolorosamente, sobre todo la cabeza. Volaba de fiebre. A las 7 p. m. llegó un médico y se fue: no había nada que hacer. Todas las cosas entonces se transformaban, una animalidad fantástica con el predominio absoluto del color verde continuaba abalanzándose sobre mí. Cuando un animal nos ataca, lo hace sobre un solo punto, casi siempre los ojos. Los del haschich se dirigían intensamente a todo el cuerpo, con tanta importancia al pie como los ojos. El salto era instantáneo, sin poderlo absolutamente evitar.

Un calentador encendido, sobre todo, fue el atacante más decidido que tuve toda la noche. A ratos me escapaba al medio del cuarto, desdoblándome, me veía en la cama, acostado y muriéndome a las 11 de la noche, a la luz de la lámpara bien triste.

Me costaba esfuerzos inauditos entrar en mí. Otro de los tormentos era ver todo con cuádruple intensidad: de igual tamaño, igual luz, pero con cuatro veces más visión. Esta sensación, sobre todo, no es comprensible sino sufriéndola.

Como parece que a las 2 de la mañana recrudecieron los síntomas, mi amigo se sentó al lado de la cama, observándome disimuladamente, y por media hora me atormentó con su presencia, transformado en un leopardo verde, sentado humanamente, que me atisbaba sin hacer un movimiento.

Transcribo las notas de Brignole:

1º período, a las 3 1/2 p. m.

Sensación de angustia. Ideas terroríficas, visiones de monstruos. Imposibilidad de hablar por alejamiento de espíritu. Necesidad de mirar atentamente una cosa y, una vez fijada, sensaciones diversas y alucinatorias motivadas por ese objeto. Dificultad para sustraerse a esas sensaciones, pero con conciencia de su anormalidad y deseos de evitarla.

2º período, a las 4 p. m.

Normalidad completa.

3º período a las 4 1/4 p. m.

Accesos de alegría, risas sin causa, etcétera.

4º período, a las 4 1/2 p. m.

Normalidad.

5º período, a las 5 p. m.

Sensaciones de malestar. Angustia.

Palidez del rostro. Pulso rápido. Latidos tumultuosos del corazón. Enfriamiento de las manos. Sensaciones de acabamiento y muerte próxima. Abatimiento profundo. Imposibilidad de hablar. Dificultad para querer moverse. Inteligencia demasiado lúcida. Entorpecimiento de todo el cuerpo. Sensibilidad conservada. Gran ardor de garganta y estómago. Sequedad de garganta. Pulso: 140 pulsaciones por minuto. Dilatación enorme de la pupila.

A las 8 p. m. Mayor tranquilidad. Pulso normal. Transpiración copiosa. Calor extraordinario de la piel.

A las 11 p. m. El mismo se siente mejor. Mayor tranquilidad. Síntomas estomacales y psíquicos disminuidos. Menor calor de la piel. Transpiración disminuida. Pulso menos frecuente y algo más débil: 106 por minuto.

A las 12 3/4 p. m. Pulso: 108 por minuto.

De 1 1/2 a 3 1/2 a. m. Pulso 140. Transpiración enorme. Recrudecimiento de todos los síntomas. A las 4 a. m. Pulso descendido a 100 por minuto. A las 5 a. m. Continúa mejorando.

LA JUSTA PROPORCIÓN DE LAS COSAS

Hasta el año pasado un individuo de levita y sombrero de copa se estacionaba todas las tardes en la esquina Artes y Juncal, dando en la manía de disponer el orden de los carruajes para evitar interrupciones. Los jueves y domingos de tarde tenía gran tarea porque desempeñaba a conciencia su solícito cometido. Ponía toda su alma en tan ingrata función; cansado, sudoroso, hecho una lástima de desasosiego, tenía la conciencia fresca y fuerte por el exacto deber cumplido. El individuo era loco, y dio en tan lamentable extremo muy sencillamente. Nicolás Pueyrredón era agente de comercio. Ocupábase de corretajes, liquidaciones y esas adyacencias mercantiles de que yo desgraciadamente no entiendo. Profesaba la fe de la justa proporción de las cosas, sin vértigos posibles. Sabía que a los números, siendo infinitos, puédensele siempre agregar impunemente un uno, un modesto uno. —Claro es —decía sonriendo— son infinitos; siempre hay lugar para un uno. Su espíritu gozaba tranquilamente con esto, siendo de por sí incapaz de un revolcón por la locura. Por lo demás, era un hombre expresivo.

He aquí que un día salió de su casa a las 5 de la tarde en dirección a la dársena sur, debía poner en la estafeta del París una carta de última hora. En la calle San Martín el carruaje se detuvo un largo rato; perdió diez minutos. En Defensa y Venezuela una victoria se cruzó de tal modo que fue imposible marchar durante cinco minutos. En la misma calle Defensa y Estados Unidos el carruaje de Pueyrredón atropelló un cupé de ruedas amarillas que iba a contramarcha; volvió a perder diez minutos. De modo que cuando llegó a la dársena el vapor humeaba ya en el canal de entrada. El suceso disgustó profundamente a Pueyrredón. No le ocasionaba mayor trastorno, es verdad, pero temía por su buen nombre: como la carta era esperada indispensablemente en Montevideo, acaso atribuyeran la no remisión de aquella a su falta de seriedad en negocios; y si algo tenía de bueno él, Pueyrredón, era una clara idea del justo cumplimiento de sus deberes. La cosa, pues, le chocó.

Pocos días más tarde repitió su carrera por iguales motivos, y por idénticas causas su interrumpido carruaje llegó tarde a los muelles. Esta vez se acaloró seriamente, discutió largo rato con el cochero, y protestó indignado, con los brazos hacia el centro de la ciudad, del inicuo desorden de carruajes. Por la noche no habló de otra cosa: era imposible marchar dos cuadras seguidas... quienes sufrían eran ellos, expuestos a perder su buen nombre por una incalificable desidia de las ordenanzas... Parece que en los días siguientes su desventura fue tan grande como en las otras ocasiones. Le vi por entonces y se desahogó con tales insistentes reproches que traté de contenerle.

—Pero amigo —le dije sonriendo, levantándome—, ¡si en todo

pasa lo mismo! Su indignación es justa, indudablemente; pero a cada paso nos hallamos en una situación igual, ya por esta causa, ya por aquella... —e hice grave filosofía.

—No sé, no sé, no sé —repitió encendiéndose más— ¿Quién vigila el orden? ¿Quién cumple la ordenanza? ¿Por qué ha de estar uno expuesto a perder un minuto, un segundo, esto? —agregó enseñándome convulsivamente un pequeño trozo de cuchara entre sus pulgares— ¡Sí, esto nada más! —Me miraba en los ojos a diez centímetros de los míos. Arrojó la cuchara sobre la mesa y salió del café.

Había adelgazado, marchaba sacudiendo hombros y cabeza a pequeños golpes, lanzaba rencorosas miradas de reojo a los carruajes. Llegó así a tal grado de excitación que la idea de desorden comenzó a tornarse fija, con toda la descomposición que acarrean tales estancamientos. Fue diez veces en un mismo día a la Municipalidad, donde no quisieron oírle. Salió lleno de ira de esa casa en desquicio. Acudió a los diarios con igual éxito. Días sucesivos viósele a cada momento en carruaje, con el semblante hinchado de odio e indignación. En las cuadras de interrupciones forzosas vociferaba de tal modo, con medio cuerpo fuera de la capota, que su descomedimiento dio lugar a lamentables intervenciones.

Y por último, la tarde del jueves 18 de setiembre de 1902, el carruaje que llevaba a Nicolás Pueyrredón se vio detenido en la esquina Juncal y Artes por el corso que volvía de Palermo. Fue por cierto un espectáculo lastimoso, porque Pueyrredón, saltando al pescante, arrebató las riendas al cochero que cayó, y con grandes gritos de rabia y golpes de látigo forzó su carruaje sobre las victorias quietas. Lo llevaron a la fuerza; por largo rato se oyeron sus gritos. El domingo siguiente, a las 4 de la tarde, Pueyrredón esperaba ya en la esquina Artes y Juncal.

* * *

—Bien sencillo —murmuró alguien cuando el narrador concluyó. —Ciertamente —agregó otro al rato— es la manera más sencilla de quedarse loco. Sobre todo Pueyrredón, que era loco ya.

EL TRIPLE ROBO DE BELLAMORE

Días pasados los tribunales condenaron a Juan Carlos Bellamore a la pena de cinco años de prisión por robos cometidos en diversos bancos. Tengo alguna relación con Bellamore: es un muchacho delgado y grave, cuidadosamente vestido de negro. Le creo tan incapaz de esas hazañas como de otra cualquiera que pida nervios finos. Sabía que era empleado eterno de bancos; varias veces se lo oí decir, y aun agregaba melancólicamente que su porvenir estaba cortado; jamás sería otra cosa. Sé además que si un empleado ha sido puntual y discreto, él es ciertamente Bellamore. Sin ser amigo suyo, lo estimaba, sintiendo su desgracia. Ayer de tarde comenté el caso en un grupo. Sí —me dijeron—; le han condenado a cinco años. Yo lo conocía un poco; era bien callado. ¿Cómo no se me ocurrió que debía ser él? La denuncia fue a tiempo.

—¿Qué cosa? —interrogué sorprendido. La denuncia; fue denunciado.

—En los últimos tiempos —agregó otro— había adelgazado mucho. —Y concluyó sentenciosamente—: Lo que es yo no confío más en nadie.

Cambié rápidamente de conversación. Pregunté si se conocía al denunciante.

—Ayer se supo. Es Zaninski.

Tenía grandes deseos de oír la historia de boca de Zaninski: primero, la anormalidad de la denuncia, falta en absoluto de interés personal; segundo, los medios de que se valió para el descubrimiento. ¿Cómo había sabido que era Bellamore?

Este Zaninski es ruso, aunque fuera de su patria desde pequeño. Habla despacio y perfectamente el español, tan bien que hace un poco de daño esa perfección, con su ligero acento del norte. Tiene ojos azules y cariñosos que suele fijar con una sonrisa dulce y mortificante. Cuentan que es raro. Lástima que en estos tiempos de sencilla estupidez no sepamos ya qué creer cuando nos dicen que un hombre es raro.

Esa noche le hallé en una mesa de café, en reunión. Me senté un poco alejado, dispuesto a oír prudentemente de lejos.

Conversaban sin ánimo. Yo esperaba mi historia, que debía llegar forzosamente. En efecto, alguien, examinando el mal estado de un papel con que se pagó algo, hizo recriminaciones bancarias, y Bellamore, crucificado, surgió en la memoria de todos. Zaninski estaba allí, preciso era que contara. Al fin se decidió; yo acerqué un poco más la silla.

—Cuando se cometió el robo en el Banco Francés —comenzó Zaninski— yo volvía de Montevideo. Como a todos, me interesó la audacia del procedimiento: un subterráneo de tal longitud ha sido siempre cosa arriesgada. Todas las averiguaciones resultaron infructuosas. Bellamore, como empleado de la caja, fue especialmente interrogado; pero nada resultó contra él ni contra nadie. Pasó el tiempo y todo se olvidó. Pero en abril del año pasado oí recordar incidentalmente el robo efectuado en 1900 en el Banco de Londres de Montevideo. Sonaron algunos nombres de empleados comprometidos, y entre ellos Bellamore. El nombre me chocó; pregunté y supe que era Juan Carlos Bellamore. En esa época no sospechaba absolutamente de él; pero esa primera coincidencia me abrió rumbo, y averigüé lo siguiente.

En 1898 se cometió un robo en el Banco Alemán de San Pablo, en circunstancias tales que solo un empleado familiar a la caja podía haberlo efectuado. Bellamore formaba parte del personal de la caja.

Desde ese momento no dudé un instante de la culpabilidad de Bellamore.

Examiné escrupulosamente lo sabido referente al triple robo, y fijé toda mi atención en estos tres datos:

1°) La tarde anterior al robo de San Pablo, coincidiendo con una fuerte entrada en caja, Bellamore tuvo un disgusto con el cajero, hecho altamente de notar, dada la amistad que los unía y, sobre todo, la placidez de carácter de Bellamore.

2°) También en la tarde anterior al robo de Montevideo, Bellamore había dicho que solo robando podía hacerse hoy fortuna, y agregó riendo que su víctima ocurrente era el banco de que formaba parte.

3°) La noche anterior al robo en el Banco Francés de Buenos Aires, Bellamore, contra toda su costumbre, pasó la noche en diferentes cafés, muy alegre.

Ahora bien, estos tres datos eran para mí tres pruebas al revés, desarrolladas en la siguiente forma:

En el primer caso, solo una persona que hubiera pasado la noche con el cajero podía haberle quitado la llave. Bellamore estaba disgustado con el cajero casualmente esa tarde. En el segundo caso, ¿qué persona preparada para un robo, cuenta el día anterior lo que va a hacer? Sería sencillamente estúpido.

En el tercer caso, Bellamore hizo todo lo posible por ser visto: exhibiéndose, en suma, como para que se recordara bien que él, Bellamore, pudo menos que nadie haber maniobrado en subterráneos esa accidentada noche.

Estos tres rasgos eran para mí absolutos, tal vez arriesgados de sutileza en un ladrón de bajo fondo, pero perfectamente lógicos en el fino Bellamore. Fuera de esto, hay algunos detalles privados, de más peso normal que los anteriores.

Así, pues, la triple fatal coincidencia, los tres rasgos sutiles de muchacho culto que va a robar, y las circunstancias consabidas, me dieron la completa convicción de que Juan Carlos Bellamore, argentino, de veintiocho años de edad, era el autor del triple robo efectuado en el Banco Alemán de San Pablo, el de Londres y Río de la Plata de Montevideo y el Francés de Buenos Aires. Al otro día mandé la denuncia.

Zaninski concluyó. Después de cuantiosos comentarios se disolvió el grupo; Zaninski y yo seguimos juntos por la misma calle. No hablábamos. Al despedirme le dije de repente, desahogándome:

—¿Pero usted cree que Bellamore haya sido condenado por las pruebas de su denuncia?

Zaninski me miró fijamente con sus ojos cariñosos.

—No sé; es posible.

—¡Pero esas no son pruebas! ¡Eso es una locura! —agregué con calor—. ¡Eso no basta para condenar a un hombre!

No me contestó, silbando al aire. Al rato murmuró:

—Debe ser así... cinco años es bastante... —se le escapó de pronto—: A usted se le puede decir todo: estoy completamente convencido de la inocencia de Bellamore.

Me di vuelta de golpe hacia él, mirándonos en los ojos.

—Era demasiada coincidencia —concluyó con el gesto cansado.

EL CRIMEN DEL OTRO

Las aventuras que voy a contar datan de cinco años atrás. Yo salía entonces de la adolescencia. Sin ser lo que se llama *un nervioso*, poseía en el más alto grado la facultad de gesticular, arrastrándome a veces a extremos de tal modo absurdos que llegué a inspirar, mientras hablaba, verdaderos sobresaltos. Este desequilibrio entre mis ideas —las más naturales posibles— y mis gestos —los más alocados posibles— divertía a mis amigos, pero solo a aquellos que estaban en el secreto de esas locuras sin igual. Hasta aquí mis nerviosismos y no siempre. Luego entra en acción mi amigo Fortunato, sobre quien versa todo lo que voy a contar.

Poe era en aquella época el único autor que yo leía. Ese maldito loco había llegado a dominarme por completo; no había sobre la mesa un solo libro que no fuera de él. Toda mi cabeza estaba llena de Poe, como si la hubieran vaciado en el molde de "Ligeia". ¡"Ligeia"! ¡Qué adoración tenía por este cuento! Todos e intensamente: Valdemar, que murió siete meses después; Dupin, en procura de la carta robada; las Sras. de Espanaye, desesperadas en su cuarto piso; Berenice, muerta a traición, todos, todos me eran familiares. Pero entre todos, "El Tonel del Amontillado" me había seducido como una cosa íntima mía: Montresor. "El Carnaval", "Fortunato", me eran tan comunes que leía ese cuento sin nombrar ya a los personajes; y al mismo tiempo envidiaba tanto a Poe que me hubiera dejado cortar con gusto la mano derecha por escribir esa maravillosa intriga. Sentado en casa, en un rincón, pasé más de cuatro horas leyendo ese cuento con una fruición en que entraba sin duda mucho de adverso para Fortunato. Dominaba *todo* el cuento, pero todo, todo, todo. Ni una sonrisa por ahí, ni una premura en Fortunato se escapaba a mi perspicacia. ¿Qué no sabía ya de Fortunato y su deplorable actitud?

A fines de diciembre leí a Fortunato algunos cuentos de Poe. Me escuchó amistosamente, con atención sin duda, pero a una legua de mi ardor. De aquí que al cansancio que yo experimenté al final, no pudo comparársele el de Fortunato, privado durante tres horas del entusiasmo que me sostenía.

Esta circunstancia de que mi amigo llevara el mismo nombre que el del héroe de "El Tonel del Amontillado" me desilusionó al principio, por la vulgarización de un nombre puramente literario; pero muy pronto me acostumbré a nombrarle así, y aun me extralimitaba a veces llamándole por cualquiera insignificancia: tan explícito me parecía el nombre. Si no sabía el "Tonel" de memoria, no era ciertamente porque no lo hubiera oído hasta cansarme. A veces en el calor del delirio le llamaba a él mismo Montresor, Fortunato, Luchesi, cualquier nombre de ese cuento; y esto producía una indescriptible confusión de la que no llegaba a coger el hilo en largo rato.

Difícilmente me acuerdo del día en que Fortunato me dio pruebas de un fuerte entusiasmo literario. Creo que a Poe puédese sensatamente atribuir ese insólito afán, cuyas consecuencias fueron exaltar a tal grado el ánimo de mi amigo que mis predilecciones eran un frío desdén al lado de su fanatismo. ¿Cómo la literatura de Poe llegó a hacerse sensible en la ruda capacidad de Fortunato? Recordando, estoy dispuesto a creer que la resistencia de su sensibilidad, lucha diaria en que todo su organismo inconscientemente entraba en juego, fue motivo de sobra para ese desequilibrio, sobre todo en un ser tan profundamente inestable como Fortunato.

En una hermosa noche de verano se abrió a mí su alma en esta nueva faz. Estábamos en la azotea, sentados en sendos sillones de tela. La noche cálida y enervante favorecía nuestros proyectos de errabunda meditación. El aire estaba débilmente oloroso por el gas de la usina próxima. Debajo nuestro clareaba la luz tranquila de las lámparas tras los balcones abiertos. Hacia el este, en la bahía, los farolillos coloridos de los buques cargaban de cambiantes el agua muerta como un vasto terciopelo, fósforos luminosos que las olas mansas sostenían temblando, fijos y paralelos a lo lejos, rotos bajo los muelles. El mar, de azul profundo, susurraba en la orilla. Con las cabezas echadas atrás, las frentes sin una preocupación, soñábamos bajo el gran cielo lleno de estrellas, cruzado solamente de lado a lado —en aquellas noches de evolución naval— por el brusco golpe de luz de un crucero en vigilancia.

—¡Qué hermosa noche! —murmuró Fortunato—. Se siente

uno más irreal, leve y vagante como una boca de niño que aún no ha aprendido a besar...

Gustó la frase, cerrando los ojos.

—El aspecto especial de esta noche —prosiguió— tan quieta, me trae a la memoria la hora en que Poe llevó al altar y dio su mano a lady Rowena Tremanión, la de ojos azules y cabellos de oro, Tremanión de Tremaine. Igual fosforescencia en el cielo, igual olor a gas...

Meditó un momento. Volvió la cabeza hacia mí, sin mirarme:

—¿Se ha fijado en que Poe se sirve de la palabra *locura*, ahí donde su suelo es más grande? En "Ligeia" está doce veces.

No recordaba haberla visto tanto, y se lo hice notar.

—¡Bah!, no es cuestión de que la ponga tantas veces, sino de que en ciertas ocasiones, cuando va a subir muy alto, la frase ha hecho ya notar esa disculpa de locura que traerá consigo el vuelo de poesía.

Como no comprendía claramente, me puse de pie, encogiéndome de hombros. Comencé a pasearme con las manos en los bolsillos. No era la única vez que me hablaba así. Ya dos días antes había pretendido arrastrarme a una interpretación tan novedosa de *El Cameleopardo* que hube de mirarle con atención, asustado de su carrera vertiginosa. Seguramente había llegado a sentir hondamente, ¡pero a costa de qué peligros!

Al lado de ese franco entusiasmo, yo me sentía viejo, escudriñador y malicioso. Era en él un desborde de gestos y ademanes, una cabeza lírica que no sabía ya cómo oprimir con la mano la frente que volaba. Hacía frases. Creo que nuestro caso se podía resumir en la siguiente situación: en un cuarto donde estuviéramos con Poe y sus personajes, yo hablaría con este, de estos, y en el fondo Fortunato y los héroes de las *Historias extraordinarias* charlarían entusiasmados de Poe. Cuando lo comprendí recobré la calma, mientras Fortunato proseguía su vagabundaje lírico sin ton ni son:

—Algunos triunfos de Poe consisten en despertar en nosotros viejas preocupaciones musculares, dar un carácter de excesiva importancia al movimiento, coger al vuelo un ademán cualquiera y desordenarlo insistentemente hasta que la constancia concluya por darle una vida bizarra.

—Perdón —le interrumpí—. Niego por lo pronto que el triunfo de Poe consista en eso. Después, supongo que el movimiento en sí debe ser la locura de la intención de moverse...

Esperé lleno de curiosidad su respuesta, atisbándole con el rabo del ojo.

—No sé —me dijo de pronto con la voz velada como si el suave rocío que empezaba a caer hubiera llegado a su garganta—. Un perro que yo tengo sigue y ladra cuadras enteras a los carruajes. Como todos. Les inquieta el movimiento. Les sorprende también que los carruajes sigan por su propia cuenta a los caballos. Estoy seguro de que si no obran y hablan racionalmente como nosotros, ello obedece a una falla de la voluntad. Sienten, piensan, pero no pueden querer. Estoy seguro.

¿Adónde iba a llegar aquel muchacho, tan manso un mes atrás? Su frente estrecha y blanca se dirigía al cielo. Hablaba con tristeza, tan puro de imaginación que sentí una tibia fiebre de azuzarle. Suspiré hondamente:

—¡Oh, Fortunato! —Y abrí los brazos al mar como una griega antigua. Permanecí así diez segundos, seguro de que iba a provocarle una repetición infinita del mismo tema. En efecto, habló, habló con el corazón en la boca, habló todo lo que despertaba en aquella encrespada cabeza. Antes le dije algo sobre la locura en términos generales. Creo que sobre la facultad de escapar milagrosamente al movimiento durante el sueño.

—El sueño —cogió y siguió— o, más bien dicho, el ensueño durante el sueño, es un estado de absoluta locura. Nada de conciencia, esto es, la facultad de presentarse a sí mismo lo contrario de lo que se está pensando y admitirlo como posible. La tensión nerviosa que rompe las pesadillas tendría el mismo objeto que la ducha en los locos: el chorro de agua provoca esa tensión nerviosa que llevará al equilibrio, mientras en el ensueño esa misma tensión quiebra, por decirlo así, el eje de la locura. En el fondo el caso es el mismo: prescindencia absoluta de oposición. La oposición es el otro lado de las cosas. De las dos conciencias que tienen las cosas, el loco o el soñador solo ve una: la afirmativa o la negativa. Los cuerdos se acogen primero a la probabilidad, que es la conciencia loca de las cosas. Por otra parte, los sueños de los locos son perfectamente posibles. Y esta misma posibilidad es una locura, por dar carácter de realidad a esa inconsciencia: no la niega, la cree posible.

Hay casos sumamente curiosos. Sé de un juicio donde el reo tenía en la parte contraria la acusación de un testigo del hecho. Le preguntaban: ¿Ud. vio tal cosa? El testigo respondía: sí. Ahora bien, la defensa alegaba que siendo el lenguaje una convención, era solamente *posible* que en el testigo la palabra *sí* expresara afirmación. Proponía al jurado examinar la curiosa adaptación de las preguntas al monosílabo del testigo. En pos de estas, hubiera sido imposible que el testigo dijera: no (entonces no sería afirmación, que era lo único de que se trataba, etc., etc.).

¡Valiente Fortunato! Habló todo esto sin respirar, firme con su palabra, los ojos seguros en que ardían como vírgenes todas estas castas locuras. Con las manos en los bolsillos, recostado en la balaustrada, le veía discurrir. Miraba con profunda atención, eso sí, un ligero vértigo de cuando en cuando. Y aún creo que esta atención era más bien una preocupación mía.

De repente levantamos la cabeza: el foco de un crucero azotó el cielo, barrió el mar, la bahía se puso clara con una lívida luz de tormenta, sacudió el horizonte de nuevo, y puso en manifiesto a lo lejos, sobre el agua ardiente de estaño, la fila inmóvil de acorazados.

Distraído, Fortunato permaneció un momento sin hablar. Pero la locura, cuando se le estrujan los dedos, hace piruetas increíbles que dan vértigos, y es fuerte como el amor y la muerte. Continuó:

—La locura tiene también sus mentiras convencionales y su pudor. No negará Ud. que el empeño de los locos en probar su razón sea una de aquellas. Un escritor dice que tan ardua cosa es la razón que aun para negarla es menester razonar. Aunque no recuerdo bien la frase, algo de ello es. Pero la conciencia de una meditación razonable solo es posible recordando que esta podría no ser así. Habría comparación, lo que no es posible tratándose de una solución —uno de cuyos términos causales es reconocidamente loco. Sería tal vez un proceso de idea absoluta.

Pero bueno es recordar que los locos jamás tienen problemas o hallazgos: tienen *ideas*.

Continuó con aquella su sabiduría de maestro y de recuerdos desertados a sazón:

—En cuanto al pudor, es innegable. Yo conocí un muchacho loco, hijo de un capitán, cuya sinrazón había dado en manifestarse como ciencia química. Contábanme sus parientes que aquel leía de un modo asombroso, escribía páginas inacabables, daba a entender, por monosílabos y confidencias vagas, que había hallado la ineficacia cabal de la teoría atómica (creo que se refería en especial a los óxidos de manganeso. Lo raro es que después se habló seriamente de esas inconsecuencias del oxígeno). El tal loco era perfectamente cuerdo en lo demás, cerrándose a las requisitorias enemigas por medio de silbidos, pst y levantamientos del bigote. Gozaba del triste privilegio de creer que cuantos con él hablaban querían robarle su secreto. De aquí los prudentes silbidos que no afirmaban ni negaban nada.

Ahora bien, yo fui llamado una tarde para ver lo que de sólido había en esa desvariada razón. Confieso que no pude orientarme un momento a través de su mirada de perfecto cuerdo, cuya única locura consistía entonces en silbar y extender suavemente el bigote, pobre cosa. Le hablé de todo, demostré una ignorancia crasa para despertar su orgullo, llegué hasta exponerle teoría tan extravagante y absurda que dudé si esa locura a alta presión sería capaz de ser comprendida por un simple loco. Nada hallé. Respondía apenas: —Es verdad... son cosas... pst... ideas... pst... pst... —Y aquí estaban otra vez las *ideas* en toda su fuerza.

Desalentado le dejé. Era imposible obtener nada de aquel fino diplomático. Pero un día volví con nuevas fuerzas, dispuesto a dar a toda costa con el secreto de mi hombre. Le hablé de todo otra vez; no obtenía nada. Al fin, al borde del cansancio, me di cuenta de pronto de que durante esa y la anterior conferencia yo había estado muy acalorado con mi propio esfuerzo de investigación y hablé en demasía; había sido observado por el loco. Me calmé entonces y dejé de charlar. La cuestión cesó y le ofrecí un cigarro. Al mirarme inclinándose para cogerlo, me alisé los bigotes lo más suavemente que me fue posible. Dirigiome una mirada de soslayo y movió la cabeza sonriendo. Aparté la vista, mas atento a sus menores movimientos. Al rato no pudo menos que mirarme de nuevo, y yo a mi vez me sonreí sin dejar el bigote. El loco se serenó por fin y habló todo lo que deseaba saber.

Yo había estado dispuesto a llegar hasta el silbido; pero con el bigote bastó.

La noche continuaba en paz. Los ruidos se perdían en aislados estremecimientos, el rodar lejano de un carruaje, los cuartos de hora de una iglesia, un *iohe!* en el puerto. En el cielo puro las constelaciones ascendían; sentíamos un poco de frío. Como Fortunato parecía dispuesto a no hablar más, me subí el cuello del saco, froté rápidamente las manos, y dejé caer como una bala perdida:

—Era perfectamente loco.

Al otro lado de la calle, en la azotea, un gato negro caminaba tranquilamente por el pretil. Debajo nuestro dos personas pasaron. El ruido claro sobre el adoquín me indicó que cambiaban de vereda; se alejaron hablando en voz baja. Me había sido necesario todo este tiempo para arrancar de mi cabeza un sinnúmero de ideas que al más insignificante movimiento se hubieran desordenado por completo. La vista fija se me iba. Fortunato decrecía, decrecía hasta convertirse en un ratón que yo miraba. El silbido desesperado de un tren expreso correspondió exactamente a ese monstruoso ratón. Rodaba por mi cabeza una enorme distancia de tiempo y un pesadísimo y vertiginoso girar de mundos. Tres llamas cruzaron por mis ojos, seguidas de tres dolorosas puntadas de cabeza. Al fin logré sacudir eso y me volví:

—¿Vamos?

—Vamos. —Me pareció que tenía un poco de frío.

Estoy seguro de que lo dijo sin intención: pero esta misma falta de intención me hizo temer no sé qué horrible extravío.

* * *

Esa noche, solo ya y calmado, pensé detenidamente. Fortunato me había trastornado, esto era verdad. ¿Pero me condujo él al vértigo en que me había enmarañado, dejando en las espinas, a guisa de cándidos vellones de lana, cuatro o cinco ademanes rápidos que enseguida oculté? No lo creo. Fortunato había cambiado, su cerebro marchaba aprisa. Pero de esto al reconocimiento de mi superioridad había una legua de distancia. Este era el punto capital: yo podía hacer mil locuras, dejarme arrebatar por una endemoniada lógica de gestos repetidos; dar en el blanco de una ocurrencia del momento y retorcerla hasta crear una verdad extraña; dejar de lado la mínima intención de cualquier movimiento vago y acogerse a la que podría haberle dado un loco excesivamente detallista; todo esto y mucho más podía yo hacer. Pero en estos desenvolvimientos de una excesiva posesión de sí, virutas de torno que no impedían un centraje absoluto, Fortunato solo podía ver trastornos de sugestión motivados por tal o cual ambiente propicio, de que él se creía sutil entrenador.

Pocos días más tarde me convencí de ello. Paseábamos. Desde las cinco habíamos recorrido un largo trayecto: los muelles de Florida, las revueltas de los pasadizos, los puentes carboneros, la Universidad, el rompeolas que había de guardar las aguas tranquilas del puerto en construcción, cuya tarjeta de acceso nos fue acordada gracias al recrudecimiento de amistad que en esos días tuvimos con un amigo nuestro —ahora de luto— estudiante de ingeniería. Fortunato gozaba esa tarde de una estabilidad perfecta, con todas sus nuevas locuras, eso sí, pero tan en equilibrio como las del loco de un manicomio cualquiera. Hablábamos de todo, los pañuelos en las manos, húmedos de sudor. El mar subía al horizonte, anaranjado en toda su extensión; dos o tres nubes de amianto erraban por el cielo purísimo; hacia el Cerro de negro verdoso, el sol que acababa de trasponerlo circundábalo de una aureola dorada.

Tres muchachos cazadores de cangrejos pasaron a lo largo del muro. Discutieron un rato. Dos continuaron la marcha saltando sobre las rocas con el pantalón a la rodilla; el otro se quedó tirando piedras al mar. Después de cierto tiempo exclamé, como en conclusión de algún juicio interno provocado por la tal caza:

—Por ejemplo, bien pudiera ser que los cangrejos caminaran

hacia atrás para acortar las distancias. Indudablemente el trayecto es más corto.

No tenía deseos de descarrilarle. Dije eso por costumbre de dar vuelta a las cosas. Y Fortunato cometió el lamentable error de tomar como locura mía lo que era entonces locura completamente del animal, y se dejó ir a corolarios por demás sutiles y vanidosos.

Una semana después Fortunato cayó. La llama que temblaba sobre él se extinguió, y de su aprendizaje inaudito, de aquel lindo cerebro desvariado que daba frutos amargos y jugosos como las plantas de un año, no quedó sino una cabeza distendida y hueca, agotada en quince días, tal como una muchacha que tocó demasiado pronto las raíces de la voluptuosidad. Hablaba aún, pero disparataba. Si cogía a veces un hilo conductor, la misma inconsciente crispación de ahogado con que se sujetaba a él, lo rompía. En vano traté de encauzarle, haciéndole notar de pronto con el dedo extendido y suspenso para lavar ese imperdonable olvido, el canto de un papel, una mancha diminuta del suelo. Él, que antes hubiera reído francamente conmigo, sintiendo la absoluta importancia de esas cosas así vanidosamente aisladas, se ensañaba ahora de tal modo con ellas que les quitaba su carácter de belleza *únicamente* momentánea y para nosotros.

Puesto así fuera de carrera, el desequilibrio se acentuó en los días siguientes. Hice un último esfuerzo para contener esa decadencia volviendo a Poe, causa de sus exageraciones. Pasaron los cuentos, "Ligeia", "El doble crimen", "El gato". Yo leía, él escuchaba. De vez en cuando le dirigía rápidas miradas: me devoraba constantemente con los ojos, en el más santo entusiasmo.

No sintió absolutamente nada, estoy seguro. Repetía la lección demasiado sabida, y pensé en aquella manera de enseñar a bailar a los osos, de que hablan los titiriteros avezados; Fortunato ajustaba perfectamente en el marco del organillo. Deseando tocarle con fuego, le pregunté, distraído y jugando con el libro en el aire:

—¿Qué efecto cree Ud. que le causaría a un loco la lectura de Poe?

Locamente temió una estratagema por el jugueteo con el libro, en que estaba puesta toda su penetración.

—No sé. —Y repitió—: no sé, no sé, no sé —bastante acalorado.

—Sin embargo, tiene que gustarles. ¿No pasa eso con toda narración dramática o de simple idea, ellos que demuestran tanta afición a las especulaciones? Probablemente viéndose instigados en cualquier *Corazón revelador* se desencadenarán por completo.

—¡Oh, no! —suspiró—. Lo probable es que todos creyeran ser autores de tales páginas. O simplemente, tendrían miedo de quedarse locos. —Y se llevó la mano a la frente, con alma de héroe.

Suspendí mis juegos malabares. Con el rabo del ojo me enviaba una miradilla vanidosa. Pretendía afrontarlo y me desvié. Sentí una sensación de frío adelgazamiento en los tobillos y el cuello; me pareció que la corbata, floja, se me desprendía.

—¡Pero está loco! —le grité levantándome con los brazos abiertos—. ¡Está loco! —grité más. Hubiera gritado mucho más pero me equivoqué y saqué toda la lengua de costado. Ante mi actitud, se levantó evitando apenas un salto, me miró de costado, acercose a la mesa, me miró de nuevo, movió dos o tres libros, y fue a fijar cara y manos contra los vidrios, tocando el tambor.

Entretanto yo estaba ya tranquilo y le pregunté algo. En vez de responderme francamente, dio vuelta un poco la cabeza y me miró a hurtadillas, si bien con miedo, envalentonado por el anterior triunfo. Pero se equivocó. Ya no era tiempo, debía haberlo conocido. Su cabeza, en pos de un momento de loca inteligencia dominadora, se había quebrado de nuevo.

* * *

Un mes siguió. Fortunato marchaba rápidamente a la locura, sin el consuelo de que esta fuera uno de esos anonadamientos espirituales en que la facultad de hablar se convierte en una sencilla persecución animal de las palabras. Su locura iba derecha a un idiotismo craso, imbecilidad de negro que pasea todas las mañanas por los patios del manicomio su cara pintada de blanco. A ratos atareábame en apresurar la crisis, descargándome del pecho, a grandes maneras, dolores intolerables; sentándome en una silla en el extremo opuesto del cuarto, dejaba caer sobre nosotros toda una larga tarde, seguro de que al crepúsculo iba a concluir por no verme. Tenía avances. A veces gozaba haciéndose el muerto, riéndose de ello hasta llorar. Dos o tres veces se le cayó la baba. Pero en los últimos días de febrero lo acometió un irreparable mutismo del que no pude sacarle por más esfuerzos que hice. Me hallé entonces completamente abandonado. Fortunato se iba, y la rabia de quedarme solo me hacía pensar en exceso.

Una noche de estas, le cogí del brazo para caminar. No sé adónde íbamos, pero estaba contentísimo de poder conducirle. Me reía despacio sacudiéndole del brazo. Él me miraba y se reía también, contento. Una vidriera, repleta de caretas por el inminente carnaval, me hizo recordar un baile para los próximos días de alegría, del que la cuñada de Fortunato me había hablado con entusiasmo.

—Y Ud., Fortunato, ¿no se disfrazará?

—Sí, sí.

—Entiendo que iremos juntos.

—Divinamente.

—¿Y de qué se disfrazará?

—¿Me disfrazaré?...

—Ya sé —agregué bruscamente—, de Fortunato.

—¿Eh? —rompió este, enormemente divertido.

—Sí, de eso.

Y le arranqué de la vidriera. Había hallado una solución a mi inevitable soledad, tan precisa, que mis temores sobre Fortunato se iban al viento como un pañuelo. ¿Me iban a quitar a Fortunato? Está bien. ¿Yo me iba a quedar solo? Está bien. ¿Fortunato no estaba a mi completa disposición? Está bien. Y sacudía en el aire mi cabeza tan feliz. Esta solución podía tener algunos puntos difíciles; pero de ella lo que me seducía era su perfecta adaptación a una famosa intriga italiana, bien conocida mía, por cierto, y sobre todo la gran facilidad para llevarla a término. Seguí a su lado sin incomodarle. Marchaba un poco detrás de él, cuidando de evitar las junturas de las piedras para caminar debidamente: tan bien me sentía.

Una vez en la cama, no me moví, pensando con los ojos abiertos. En efecto, mi idea era esta: hacer con Fortunato lo que Poe hizo con Fortunato. Emborracharle, llevarle a la cueva con cualquier pretexto, reírse como un loco... ¡Qué luminoso momento había tenido! Los disfraces, los mismos nombres. Y el endemoniado gorro de cascabeles... Sobre todo: ¡qué facilidad! Y por último un hallazgo divino: como Fortunato estaba loco, no tenía necesidad de emborracharlo.

* * *

A las tres de la mañana supuse próxima la hora. Fortunato, completamente entregado a galantes devaneos, paseaba del brazo a una extraviada Ofelia, cuya cola, en sus largos pasos de loca, barría furiosamente el suelo. Nos detuvimos delante de la pareja.

—¡Y bien, querido amigo! ¿No es Ud. feliz en esta atmósfera de desbordante alegría?

—Sí, feliz —repitió Fortunato alborozado.

Le puse la mano sobre el corazón:

—¡Feliz como todos nosotros!

El grupo se rompió a fuerza de risas. Mi amplio ademán de teatro las había conquistado.

Continué:

—Ofelia ríe, lo que es buena señal. Las flores son un fresco rocío para su frente. —La cogí la mano y agregué—: ¿No siente Ud. en mi mano la Razón Pura? Verá Ud., curará, y será otra en su ancho, pesado y melancólico vestido blanco... Y a propósito, querido Fortunato: ¿no le evoca a Ud. esta galante Ofelia una criatura bien semejante en cierto modo? Fíjese Ud. en el aire, los cabellos, la misma boca ideal, el mismo absurdo deseo de vivir solo por la *vida*... perdón —concluí volviéndome—: son cosas que Fortunato conoce bien.

Fortunato me miraba asombrado, arrugando la frente. Me incliné a su oído y le susurré apretándole la mano:

—¡De "Ligeia", mi adorada "Ligeia"!

—¡Ah, sí, ah, sí! —y se fue. Huyó al trote, volviendo la cabeza con inquietud como los perros que oyen ladrar no se sabe dónde.

A las tres y media marchábamos en dirección a casa. Yo llevaba la cabeza clara y las manos frías; Fortunato no caminaba bien. De repente se cayó, y al ayudarle se resistió tendido de espaldas. Estaba pálido, miraba ansiosamente a todos lados. De las comisuras de sus labios pendientes caían fluidas babas. De pronto se echó a reír. Le dejé hacer un rato, esperando fuera una pasajera crisis de que aún podría volver.

Pero había llegado el momento; estaba completamente loco, mudo y sentado ahora, los ojos a todos lados, llorando a la luz de la luna en gruesas, dolorosas e incesantes lágrimas, su asombro de idiota.

Le levanté como pude y seguimos la calle desierta. Caminaba apoyado en mi hombro. Sus pies se habían vuelto hacia adentro.

Estaba desconcertado. ¿Cómo hallar el gusto de los tiernos consejos que pensaba darle a semejanza del otro, mientras le enseñaba con prolija amistad mi sótano, mis paredes, mi humedad y mi libro de Poe, que sería el tonel en cuestión? No habría nada, ni el terror al fin cuando se diera cuenta. Mi esperanza era que reaccionase, siquiera un momento para apreciar debidamente la distancia a que nos íbamos a hallar. Pero seguía lo mismo. En cierta calle una pareja pasó al lado nuestro, ella tan bien vestida que el alma antigua de Fortunato tuvo un tardío estremecimiento y volvió la cabeza. Fue lo último. Por fin llegamos a casa. Abrí la puerta sin ruido, le sostuve heroicamente con un brazo mientras cerraba con el otro, atravesamos los dos patios y bajamos al sótano. Fortunato miró todo atentamente y quiso sacarse el frac, no sé con qué objeto.

En el sótano de casa había un ancho agujero revocado, cuyo destino en otro tiempo ignoro del todo. Medía tres metros de profundidad por dos de diámetro. En días anteriores había amontonado en un rincón gran cantidad de tablas y piedras, apto todo para cerrar herméticamente una abertura. Allí conduje a Fortunato, y allí traté de descenderle. Pero cuando le cogí de la cintura se desasió violentamente, mirándome con terror. ¡Por fin! Contento, me froté las manos. Toda mi alma estaba otra vez conmigo. Me acerqué sonriendo y le dije al oído, con cuanta suavidad me fue posible:

—¡Es el pozo, mi querido Fortunato!

Me miró con desconfianza, escondiendo las manos.

—¡Es el pozo... el pozo, querido amigo!

Entonces una luz pálida le iluminó los ojos. Tomó de mi

mano la vela, se acercó cautelosamente al hueco, estiró el cuello y trató de ver el fondo. Se volvió, interrogante.

—¿...?

—¡El pozo! —concluí abriendo los brazos. Su vista siguió mi ademán

—¡Ah, no! —me reí entonces, y le expresé claramente bajando las manos—: ¡El pozo!

Era bastante. Esta concreta idea, el pozo, concluyó por entrar en su cerebro completamente aislada y pura. La hizo suya: era el *pozo*. Fue feliz del todo.

Nada me quedaba casi por hacer. Le ayudé a bajar, y aproximé mi seudocemento. En pos de cada acción acercaba la vela y le miraba.

Fortunato se había acurrucado, completamente satisfecho. Una vez me chistó.

—¿Eh? —me incliné. Levantó el dedo sagaz y lo bajó perpendicularmente. Comprendí y nos reímos con toda el alma.

De pronto me vino un recuerdo y me asomé rápidamente—:

—¿Y el nitro? —Callé enseguida. En un momento eché encima las tablas y piedras. Ya estaba cerrado el pozo y Fortunato dentro. Me senté entonces, coloqué la vela al lado y como El Otro, esperé.

—¡Fortunato!

Nada. ¿Sentiría?

Más fuerte.

—¡Fortunato!

Y un grito sordo, pero horrible, subió del fondo del pozo. Di un salto, y comprendí entonces, pero locamente, la precaución de Poe al llevar la espada consigo. Busqué un arma desesperadamente: no había ninguna. Cogí la vela y la estrellé contra el suelo. Otro grito subió, pero más horrible. A mi vez aullé:

—¡Por el amor de Dios!

No hubo ni un eco. Aún subió otro grito y salí corriendo y en la calle corrí dos cuadras. Al fin, me detuve, la cabeza zumbando.

¡Ah, cierto! Fortunato estaba metido dentro de su agujero y gritaba. ¿Habría filtraciones?... Seguramente en el último momento palpó claramente lo que se estaba haciendo... ¡Qué facilidad para encerrarlo! El pozo... era su pasión. El otro Fortunato había gritado también. Todos gritan porque se dan cuenta de sobra. Lo curioso es que uno anda más ligero que ellos...

Caminaba con la cabeza alta, dejándome ir a ensueños en que Fortunato lograba salir de su escondrijo y me perseguía con iguales acechanzas... ¡Qué sonrisa más franca la suya!... Presté oído... ¡Bah! Buena había sido la idea de quien hizo el agujero. Y después la vela...

Eran las cuatro. En el centro barrían aún las últimas máquinas. Sobre las calles claras la luna muerta descendía. De las casas dormidas quién sabe por qué tiempo, de las ventanas cerradas, caía un vasto silencio. Y continué mi marcha gozando las últimas aventuras con una fruición tal que no sería extraño que yo a mi vez estuviera un poco loco.

Índice

www.ingramcontent.com/pod-product-compliance
Lightning Source LLC
Chambersburg PA
CBHW030209130726
47898CB00012B/947